AF143826

SI ÇA ME CHANTE

Édition : BoD – Books on Demand, info@bod.fr
Impression : BoD – Books on Demand, In de
Tarpen 42, Norderstedt (Allemagne)
Impression à la demande

ISBN : 978-2-3222-7031-6
Dépôt légal : Mars 2023

SI ÇA ME CHANTE

ALBUM DE VARIÉTÉS (littéraires)
(OU RECUEIL DE NOUVELLES VARIÉES)

Angélique Maurin

Du même auteur :

AMÈRE roman (2020)

L'IMPROMISE roman (2022)

Les livres de l'auteur sont à retrouver en broché et en numérique sur toutes vos librairies en ligne et sur commande dans vos commerces habituels.

Retrouver Angélique Maurin sur

Facebook :
Angélique Maurin – page d'auteur

Instagram :
angelique.maurin.auteur

Préambule

Je dois vous faire un aveu : en tant que lectrice je ne suis pas fan de nouvelles.

Moi ce que j'aime, ce sont les romans, les bons gros pavés qui n'en finissent pas et qui prennent le temps de développer toutes leurs subtilités.

Et pourtant me voici venir à vous avec mon propre petit recueil d'histoires courtes ! Illogique non ?! Ou peut-être oserais-je dire : Sans logique !

Mais voilà....
Je me suis souvenue d'une chanson, une simple Face B, écoutée en boucle à l'époque lointaine où l'on nourrissait de vinyles les bouches voraces de monstres en plastique orange très justement nommés : mange-disques !
Le titre de cette chanson était La Fillette de l'Étang.

Tout a commencé comme ça. Avec cette chanson qui m'a trimballée enfant dans son étrange univers, dans l'intensité de sa pesante atmosphère. Un texte qui m'a toujours bombardée d'images fortes, de sensations, d'une émotion contre laquelle je ne pouvais rien.
Et j'ai réalisé qu'il y avait bien d'autres textes de chansons qui me touchaient ainsi. Ce ne sont pas forcément des chansons aimées d'ailleurs! Mais

elles sont capables mieux que d'autres d'aller piocher ce truc indéfinissable en moi.
Alors j'ai écrit…

Les histoires que vous allez découvrir sont donc toutes librement inspirées par les chansons dont elles portent le titre.
Elles s'en détachent toujours, pour dériver vers mes propres digressions et elles ne vous parleront que de mes rêveries et de mon imagination.

Je vous souhaite donc une courte mais mélodieuse lecture de ces reprises à ma façon ainsi qu'une réécoute curieuse de ces succès de la chanson française tranformés, développés, réinterprétés.

Et si moi ça me chante….
d'écrire,
d'inventer,
de me faire plaisir avec ce petit recueil imprévu que je qualifierais d'album de variétés littéraires,

j'espère que vous…
vous serez (en)chantés…

Angélique Maurin

PISTES

Inspiration :   Sans logique / Mylène Farmer
                    Clip vidéo et Paroles

Un clip sombre et magistral, un véritable bijou visuel qui sublime les mots. Des personnages très noirs, la religion, la possession, l'amour, la mort et une héroïne à la fois innocente et démoniaque.

Et enfin la phrase qui m'a toujours rendue accro à ce titre : « aussi satanique qu'angélique ».

Allez savoir pourquoi !

Vidéo clip à regarder impérativement après lecture !

SANS
LOGIQUE

Elle était née blanche et rousse dans un village noir.

Ylèna.

Elle s'était glissée hors du ventre de sa mère lentement, interminable millimètre par interminable millimètre, consciente sans doute déjà de sa formidable particularité et de l'effet dévastateur, de la fascination et du malheur que sa vue provoquerait.

Elle avait présenté sa face plutôt que le haut de son crâne, décidée – malgré sa prévenance à ne pas se révéler trop vite – à ne rien dissimuler, à s'offrir d'emblée aux regards dans toute sa vérité : une colombe, pâle, si pâle, au visage plus petit qu'un poing d'enfant, un visage surnaturel dans ce pays de corbeaux.

Puis le rouge orangé de ses cheveux avait suivi, cerise époustouflante sur le gâteau empoisonné, ruisselant en long manteau incarnat sur l'incongrue peau d'albâtre.

Les femmes sombres autour de la mère avaient cessé leurs invocations monocordes, entre chants murmurés et cris de porcelets piégés et le silence avait accueilli la naissance.

Un silence de mort.

Deux d'entre elles étaient sorties chercher les hommes et leurs ombres lourdaudes avaient cheminé, sinistres, au plus haut des murs gris.

Celles qui étaient restées avaient entouré la mère et l'enfant, sentencieuses, vides des manifestations de leur haine ou de leur peur.

Gena avait observé la petite en ravalant ses larmes. Elle savait le sort qui les attendait. L'imminence de sa punition. Le futur d'Ylèna. Elle s'y soumettait déjà, elle, la responsable de cette nouvelle vie aux atours du démon.

Gena était belle pourtant et avant elle, les femmes dont elle était l'héritière, avaient été de probes brunes à la ténébreuse carnation. Elle devait être maudite pour avoir pu porter en son sein cet être couleur de lune, couronné d'un feu échappé tout droit des forges de l'enfer.

Le village tout entier la condamnerait pour ce mauvais augure qu'elle faisait peser sur la communauté. Pour cette souillure, nichée en sa coupe véreuse, qu'il ne fallait surtout plus laisser profaner la semence précieuse des procréateurs.

Ces derniers se devaient d'exiger des partenaires saines et des accouplements insouciants. Il était donc intolérable que le démérite d'une femme puisse faire peser un quelconque discrédit sur celui ou ceux qui l'avaient honorée. Accorder ses bienfaits à la société des femmes n'induisait pas plus d'investissement que de scrupule, pas plus d'attachement que de constance et les généreux étalons ne pouvaient en aucun cas être tenus responsable de l'anormale constitution ou de la santé déficiente d'un nouveau-né.

Ils représentaient la fierté d'une race que l'on ne dévirilise pas avec des peccadilles. Ils étaient des créatures sacrées, faites à l'image d'un Dieu fanatiquement craint et idolâtré, un Dieu certes père de tous les Hommes mais, tout comme eux, affranchi de leurs imperfections. Ils prévalaient, parangons de puissance et de masculinité, aussi fougueux et combatifs que les taureaux Miura auxquels ils se confrontaient dans l'arène, parfois jusqu'à la mort, toujours jusqu'à la gloire, offrant ainsi au village une caste de guerriers rogues.

Dans ce territoire aride et inhospitalier où la prière et la lutte n'offraient que de maigres mais ferventes distractions, les hommes assommaient ce qui leur restait de vigueur au corps des femmes. À celui de leur mère d'abord, petits mâles pendus à des seins vampirisés, asséchés, tailladés. Puis à celui des autres. Toutes les autres. Elles leur appartenaient toutes. Vieilles femmes. Mères. Jeunes filles. Celles dont ils choisissaient de se servir, de tester les limites, de se repaître, d'affliger l'âme ou de caresser la peau, oubliant qu'ils devaient aux plus âgées d'entre elles la douceur de leur enfance miséreuse et aux plus chaleureuses les jouissances de leur ardente jeunesse. Celles qu'ils décidaient de prendre et de faire plier à leur frénésie. Pour les dénier ensuite. Insoucieux de faire d'elles des pions échangeables dans un groupe à part. Nécessaires et convoités sans doute, mais à l'importance relative.

Gena était jeune et n'avait été visitée que par un seul. Nul ne pouvait éviter de savoir qu'Ylèna était née de lui. Mais il nierait, même si personne ne songerait jamais à lui imputer la dénaturation de son fruit. Il nierait et accuserait la pauvresse d'avoir attiré dans sa couche putride les fornications d'un damné. On prierait pour l'infortuné et son bel attirail, suppliant le Seigneur de leur attribuer à l'avenir de nombreux et valeureux coïts, aptes à offrir à la communauté des citoyens conformes.

Lorsque celui qu'elle savait être le père de son bébé pénétra dans la pièce obscure avec les autres, Gena lui offrit un long gémissement et ses yeux éplorés. Il ne regarda ni celle dans les bras de laquelle il avait connu l'abandon et l'amour, ni l'abominable enfant qui leur était venu. Il était un homme parmi les autres, froid, dur, plus cuirassé que le plus implacable de ses compagnons dans son devoir et la tâche à accomplir.

La troupe muette saisit la jeune accouchée par les bras et la traîna, nue et des pertes sanglantes maculant ses cuisses tremblantes, sur la plaine asséchée, sous des lames et un ciel lourds de menaces. Les femmes, parées de leurs voiles de deuil avaient suivi. Quelques chiens maigres aussi.

Gena fut longue à mourir et lorsque les corniauds trempèrent leur langue dans son sang, il faisait déjà nuit noire.

***

Toute naissance étant ici une bénédiction, Ylèna, malgré son inquiétante apparence, fut comme tous les autres gamins du village, placée sous la protection et la responsabilité des habitants.

Et même s'ils se méfiaient tous d'elle, de l'éclat vert de ses yeux fiévreux, de sa peau translucide qui accrochait chaque brin d'une lumière pourtant si rare dans ce décor de nuages et de brume, du foisonnement fauve de sa crinière rousse, personne, jusqu'à ces seize années révolues qui sonneraient le glas de l'enfance, ne porterait atteinte à sa jeune vie.

Bien sûr elle était sans conteste un émissaire du Malin. Les textes saints annonçaient depuis la nuit des temps l'immiscion de la Bête et le combat nécessaire des hommes contre son emprise. Le Très-Haut éprouvait son peuple, encore et encore, et la naissance de l'affreuse résonnait en chaque âme comme une sanction divine.

Il serait humble d'accepter et de se repentir pour avoir provoqué pareille disgrâce. Il serait avisé de se montrer attentif, prudent et de faire attention à l'enfant dans tous les sens du terme.

Par chance, dans sa rigueur, le Seigneur avait été miséricordieux à l'égard de ses brebis : la présence étrange de la fille était bel et bien une épreuve, mais c'était une épreuve facile. Ylèna se montrait douce, réservée, attentive aux autres et présentait dans son comportement finalement plus de similitude avec les anges qu'avec les démons. Elle parlait peu, laissant l'expressivité fascinante de son regard délivrer tous ses messages. Quant à ceux qui lui étaient adressés, elle y répondait en penchant simplement sur le côté sa délicate tête de renarde, mouvement tout simple qui paraissait questionner intensément et apportait pourtant magiquement mille réponses. Lorsqu'elle ouvrait la bouche, perlait une voix ronde, basse et susurrée qui faisait immanquablement frissonner ses interlocuteurs. Mais aucun n'aurait pu dire si c'était de crainte ou de ravissement. Elle grandissait avec grâce et mesure et les hommes qui savaient devoir aiguiser leur estoque à l'heure de son exécution redoutaient de devoir jeter un voile définitif sur la lumière manifeste de cet être dont personne n'arrivait à déterminer encore s'il se situait du côté du vice ou de celui de la vertu.

Car rien de mauvais n'était advenu depuis la naissance de cette enfant. Rien de pire, du moins, dans le quotidien toujours rude des villageois qui puisse laisser penser à la surenchère d'une présence pernicieuse.

Ylèna était seulement inenvisageable pour eux. Hors sa physionomie spectrale et le rappel du sang des damnés dégoulinant de son crâne, hors sa structure menue dans une contrée de femmes aux hanches larges et aux muscles durs, elle abritait incontestablement un feu intérieur, un feu apaisant et ardent qui exhalait d'elle dans les vapeurs diffuses d'un halo autour duquel ne pouvaient manquer de se rassembler toutes les superstitions de ces hommes et de ces femmes : la sagesse et la beauté de Dieu, la séduction et le mystère de Diable. C'était comme si un brûleur déployait des serpents de vie et d'air chauds et ambrés sous sa peau incandescente, diffusant une lumière dont ces terriens mornes et gris manquaient cruellement et qu'ils n'avaient jamais entrevue qu'au travers des rares désagrégations de l'opacité des nuages.

Son regard concentré à l'extrême pénétrait leurs pupilles noires. Il les percutait mais sans la violence attendue, sans ces déchaînements presque espérés qui mettraient enfin à jour les réelles intentions de l'intruse.

Ylèna était leur doute permanent. Leur trouble.

Comment accepter d'être déstabilisé par ce que l'on redoute, par ce qui peut nous faire mal et ne le tente jamais ? Comment accepter de voir éclater dans ce qui nous rebute, la puissance de tout ce que l'on désire, de tout ce en quoi l'on croit ?

Ylèna ne s'imposait jamais mais sa présence, concrète et floue, triomphait malgré elle. Elle était une exquise fleur blanche toujours tellement visible sur le paysage fruste et infécond, une silhouette inratable mais diaphane comme une apparition ou un présage. Elle irradiait de la chaleur de son roux, de celle de sa jeunesse, de celle de son souffle régulier échappé d'entre ses lèvres entrouvertes sur la complexité d'un sourire.

Elle était là tout en étant d'ailleurs.

Seule surtout. Sans parenté ou racines reconnues. « Éleveillée » dans la cabane la plus isolée du village – celle dont la façade paraissait un visage hurlant et les trois arbres nus qui la ceignaient de maigres pantins aux fantomatiques postures – par trois vieilles dont tous les fils avaient péri dans l'arène, dont toutes les filles étaient déjà grand-mères, dont tous les gamins refusaient les caresses dures de cals et les étreintes aux senteurs fortes de bêtes dépecées.

Elle ne s'était jamais plainte. Ses cerbères non plus d'ailleurs.

Elle n'avait pourtant pas été aimée. Mais pas ignorée non plus. Les vieilles avaient subvenu à ses besoins de nourrisson et de petite fille. Malhabilement parfois, craintivement parfois aussi, mais toujours avec ce sens du devoir à l'enfant qui obligeait chacun des habitants de ce village.

Seize ans c'est une longue faction pour un geôlier qui n'a rien à reprocher à son captif. Seize années de sérénité ont tôt fait d'ensommeiller les alertes des matons les plus suspicieux.

Les personnes âgées s'éteignant vite dans ce pays sans repos ni confort, les femmes n'ayant plus comme horizon que leur rôle de pondeuses fourbues, incapables de faire la distinction entre leur propre progéniture et celles de leurs sœurs d'infortune – progénitures au nombre et aux origines incalculables qui ne produiraient à leur tour que des ventres toujours occupés et des kamikazes sacrifiés un à un à l'exigeant culte des Miura –, la vive inquiétude au sujet d'Ylèna s'effilocha dans les mémoires usées et sa présence, de redoutable et hostile, se transforma à la longue en simple particularité. Elle s'était fondue au décor, sans à coup, avec sa réserve habituelle, assistant à tout – veillées, messes et deuils, naissances, festivités et sacrements – et cela en conservant toujours la distance imposée et cette attitude humble et feutrée qui avait fini par contrarier les angoisses de ses congénères.

Son sage maintien, sa douceur et son affabilité enrobaient l'âcreté de sa soi-disant méphistophélique hérédité.

Et plus que tout, sa beauté inévitable, bien que terrifique et discordante, faisait d'elle une vénéneuse rareté aux multiples envisagements pour les hommes de grands défis et de bravades qui n'appréciaient rien tant que frayer avec les taureaux sauvages, les femmes et la mort.

Ylèna regroupait tout. La dangerosité. Le mystère. L'attractivité. La fatalité.

Celle qui était née supposément dommageable à l'intégrité et à la sécurité de ces petites gens prenait à la fois valeur de proie et d'adversaire pour les futurs combattants qui avaient grandi en sa présence et s'étaient acclimatés à sa différence sans toutefois la juger jamais inoffensive.

Quiconque se sachant destiné à fixer un Miura dans les yeux commençait à se prétendre de taille à frotter son corps à celui de ce supposé monstre femelle. D'autant plus que ce corps, certes bien plus fragile et laiteux que celui des femmes d'ici, attirait magnétiquement l'ardente peau brune des nouveaux guerriers.

Ce lot d'incertitudes et de délirants desseins pouvait-il bouleverser les traditions de ce peuple encroûté jusqu'alors dans la permanence de ses rituels ?

Chaque question devait trouver réponse.

Tout d'abord on se demandait si Ylèna devait être éliminée comme cela avait été arrêté des années auparavant. Si elle devait réellement subir le châtiment que les lois, peut-être un peu éculées, et les préceptes ancestraux édictaient.

Concernant son comportement irréprochable et sa précieuse exception, il était urgent de décider s'ils étaient suffisamment prégnants pour lui permettre de devenir un membre de la communauté pareil aux autres.

Le village était partagé.

Les plus religieux trouvaient inconscient de ne pas respecter les commandements.

Dieu n'avait-il pas toujours recommandé de détruire les suppôts du démon ?

Les moins rigoristes pensaient que certaines violences inutiles devaient être abolies. Que si Yléna demeurait sage, il serait superflu d'attenter à sa vie.

La troupe, prête à être intronisée, de jeunes hommes pleins de sève, de présomption et d'une volonté farouche à bouleverser l'ordre établi, pleins d'une confiance et d'un désir vorace de faire face à ce que leurs prédécesseurs avaient toujours observé avec méfiance et fascination, exprimèrent leur propre façon d'envisager l'avenir.

Il était plausible qu'Ylèna ait été envoyée par l'au-delà – le divin ou l'obscur personne ne pouvait le dire encore – dans le but de corser l'ordinaire de leurs sacrifices.

Si Dieu avait voulu d'elle ici, la détruire sans raisons valables ne déclencherait-il pas la furie d'un ciel déjà peu clément dans ce pays où l'atroce chaleur succédait aux folles tempêtes, où la sécheresse n'était jamais que noyée sous des torrents de boue ?

Bien sûr la vigilance de chacun envers celle qui serait toujours précédée de sa promesse de maléfice se devait de demeurer forte et intacte. Il n'était pas question de faire d'elle l'une des leurs.

Mais ne serait-ce pas lâche d'anéantir une toute jeune femme sans prendre la réelle mesure de la menace qu'elle était supposée représenter ? Ne serait-ce pas fou de nier ainsi l'offrande de cette nouvelle possibilité de mériter les palmes du Paradis ?

Si Dieu avait vraiment souhaité mettre le courage de ses ouailles en balance, ne serait-il pas déçu de ne voir personne affronter l'ennemi apporté sur un plateau d'argent ?

Le Seigneur les avait installés sur le moins tempéré et le moins opulent des sols, leur avait imposé le voisinage de la pire des races de taureaux à élever, à côtoyer et à combattre. Il avait pu mesurer leur idolâtrie ainsi, siècle après siècle, dans leur résistance à la rudesse du climat et au dénuement, dans le don irréfléchi qu'ils faisaient d'eux-mêmes et de leur vie face à des bêtes assoiffées de leurs souffrances.

Pourquoi serait-il moins pointilleux dans cette situation ? Pourquoi accorderait-il ses bénédictions à des hommes incapables de saisir l'occasion de se mesurer à cette incarnation, humaine cette fois, d'un mal contre lequel ils avaient été forgés de tout temps à se battre ?

La suprématie des hommes du printemps eut raison des retenues des hommes de l'hiver. Et la témérité de leur sexe fringuant les dirigea vers les concupiscentes prétentions de ce dernier.

Ylèna vivrait donc au-delà du temps imparti.

Sa dangerosité en sommeil, certes moins franche et affirmée que celle des taureaux mais évidemment plus sournoise et malfaisante, nécessitait d'être toujours présente à l'esprit de chacun. Plus encore que les Miura, elle était un piège à neutraliser.

Cette créature qui attisait à l'évidence une concupiscence malsaine ne devait absolument pas être abordée avec la même insouciance que l'étaient les filles du pays.

Pour satisfaire la soif de défis et de nouvelles distractions des jeunes gens, les plus risque-tout avaient possibilité de tenter de l'approcher intimement et de la soumettre.

Personne n'était en mesure de savoir le risque encouru.

La folie ? La mort ? La damnation ?

Celui qui s'essaierait à cet hasardeux combat et qui aurait la chance d'y survivre serait auréolé d'une gloire sans pareille. Et le droit de vie ou de mort de la démone rompue serait entre ses mains.

***

Modesto n'était pas modeste, loin de là.

Il avait été ce bambin plein de morgue qui fusillait les fillettes de son âpre regard noir et leur mordait la chair pour se repaître du goût de leur sang.

Il avait été ce niño plein de vice qui broyait jusqu'aux supplications les prétentions de ses frères de lait ou de jeu, réduisant ainsi à néant leurs perspectives d'une domination future.

Il avait été ce petit parasite acharné, agrippé perpétuellement aux jambes des hommes. Un parasite aussi léger que les couches de poussières cumulées qui habillaient les pieds et les mollets des marcheurs d'une croûte de poudre argileuse. Un parasite quasiment indécelable mais obstinément coriace qui vibrait, sous son triste camouflage terreux, du rouge grenade d'un cœur en tumulte. Il avait eu accès de cette furtive façon aux coulisses des combats dans l'arène, ce théâtre réservé aux acteurs adultes munis des attributs de la domination, et avait frissonné de la jouissance que lui procuraient et la peur et l'agonie des victimes, qu'elles soient humaines ou plus rarement animales. Car de ses postes privilégiés d'observation, le jeune resquilleur avait bien vu que les hommes, tout fous ou valeureux qu'ils étaient, ne gagnaient guère contre la force brute des bêtes. Ceux qui s'en sortaient vivants pouvaient se leurrer et parader fièrement auprès des femmes et des enfants, ils ne pourraient jamais dissimuler les meurtrissures que les cornes ou les sabots des massifs Miura avaient durablement gravés sur leur corps.

Modesto avait grandi avec l'ambition de faire beaucoup mieux que tous ceux qu'il avait vu vaincre dans la douleur ou atrocement périr. Modesto voulait vivre longtemps et tout ravir. Il convoitait des honneurs bien plus grands que ceux acquis sur le ruedo[1] et la toute première position dans cette nouvelle fournée de jeunes hommes qui venaient de quitter l'enfance et s'apprêtaient à conquérir toutes les prérogatives de leur sexe. Modesto était intelligent et il visait haut. Il avait compris, dans ses intrusions clandestines d'enfant rebelle, que même le plus cruel et le plus confiant des combattants de l'arène ne pouvait rien contre les six cents kilos d'un animal sauvage. Il avait compris que commencer sa vie d'homme avec des os brisés et le bide ouvert jusqu'aux tripes lui accorderait sans doute l'admiration de ses pairs mais l'éloignerait de la victoire telle qu'il la conjecturait. Il dirigea donc dans l'ombre le mouvement en faveur de l'absolution de la diablesse rousse.

Il savait que malgré ce qu'ils pouvaient bien dire, la grosse majorité de ses compagnons était davantage effrayée par les éventuels pouvoirs occultes de la fille que par la dangerosité indomptée mais familière des taureaux. Celui qui vaincrait la crainte et le ressentiment qu'elle inspirait serait sans conteste un héros bien plus grand que le plus applaudi des survivants de l'arène.

---

[1] Piste couverte de sable dans l'arène.

Et cela sans risquer d'y laisser sa peau, Modesto en était persuadé.

Il n'avait que haine et dégoût pour l'étrangeté et la douceur apparente d'Ylèna. Néanmoins, il s'attela à faire d'elle son passe vers une gloire inégalable.

***

Elle avait toujours su qu'elle était destinée à mourir à l'aube de ses dix-sept ans. Personne ne le lui avait jamais annoncé, mais ça n'avait pas été nécessaire.

Ces sentences-là pèsent et vous offrent des murailles aveugles pour horizon.

Toujours à l'affût des obscurs agissements des êtres qui l'entouraient, elle avait observé bien des fois la disparition d'autres enfants différents.

Des orphelins toujours, évaporés aussitôt leur âge tendre achevé. Et sans que personne ne s'en étonne ou ne s'abaisse à les chercher. Il ne fallait pas être idiot pour comprendre qu'ils n'avaient pas fait leur baluchon pour de plus vertes contrées !

Bien sûr, aucun n'était aussi particulier qu'elle. Aucun. Ces malheureux, le plus souvent victimes des fréquentes et inévitables consanguinités d'une population ignare et aux ascendances indéterminables, gangrenaient l'espace de leurs pas répétitifs ou de leurs rires irraisonnés. Ils ne faisaient peur à personne. Ils étaient simplement des bouches inutiles desquelles se débarrasser, des inaptes à la procréation, des éclopés qui ne paraderaient jamais sous les bravos, ni ne mourraient en héros.

Aussi Ylèna fut surprise et heureuse de se réveiller saine et sauve au lendemain de son dix-septième anniversaire. D'être admise à la cérémonie célébrant l'entrée dans l'âge adulte de tous ceux qui, jusqu'alors, étaient certes protégés et sacrés, mais cantonnés à leur inconsistance d'enfant.

Elle vivait. Sans comprendre pourquoi, mais elle vivait. Et elle était là, accompagnant tous ceux de son âge. Là, mais à l'écart. Comme toujours. Frôlée mais jamais touchée. Présente mais jamais justifiée par l'attitude « des siens ». Traitée comme une sorte de sorcière, finalement approchable mais maintenue à distance.

Ylèna avait toujours été consciente de sa singularité. De la neige de son teint, brûlante à force d'être immaculée et qui exsudait d'elle en un contour fluorescent ; à l'intérieur d'elle aussi, tel un feu bien moins pur, alternativement attisé ou douillettement entretenu ; elle flamboyait tandis que les êtres qui l'avaient laissée grandir sous leur ombre n'étaient que grisaille et superstitions.

La cérémonie fut belle, même si personne ne serra la jeune fille dans ses bras.

Elle resta debout devant l'autel, aussi blanche et lumineuse que les cierges dont les flammes vacillantes caressaient le cuivre mouvant de ses cheveux, observant avec cette mélancolie tendre qui la caractérisait, le groupe de femmes qui embrassait les nouveaux adultes et celui des hommes qui les congratulait. Elle posa ses yeux très clairs sur ce peuple sans couleur, toujours de noir vêtu, aux visages grisés du mastic crasse que la terre aride d'ici insérait dans chacun des creux de leur visage. Leur attitude de tristesse immémoriale explosait pour une fois dans une folle allégresse et les masques sur les faces métamorphosées faisaient de même, se fendillant en minces mais évidents sillons dans les plis grimaciers des sourires, changeant les minois d'enfants en d'outrancières et glaçantes têtes de pantins et les gueules usées des vieux en champs de ruines creusés d'ornières

La joie de pouvoir compter sur de nouveaux bras, sur un sang jeune et pur à offrir au sable de l'arène, sur des ventres neufs capables de repeupler le village, mettait l'ensemble des protagonistes en émoi.

Mais cette joie se teintait de mauvaiseté.

En effet, les mâles qui avaient fait leur temps se réjouissaient de laisser le spectre d'une mort violente les abandonner pour flirter enfin avec d'autres qu'eux. Le repos était bien venu qui les éloignerait définitivement des mutilations et du calvaire. C'est sans regrets qu'ils passeraient le flambeau et qu'ils jouiraient de n'être plus que les spectateurs des prouesses suicidaires de ces garçons fous qui n'auraient peut-être pas la chance de survivre et crèveraient pour la plupart avant d'avoir atteint leur vingtième année.

Les jeunes coqs, quant à eux, se sentaient ivres de pouvoir enfin reléguer leurs aînés à l'attente d'une mort obscure, ivres d'avoir accès à leur tour à cette vie fière qu'ils avaient toujours fantasmée et attendue, une vie vibrante de risque, d'orgueil et de rivalité dont ils ne savaient pas encore qu'elle les poignarderait bien vite de ses féroces nécessités.

Les femmes vieillissantes bénissaient le ciel de cette retraite enfin accordée à la bouillie qu'étaient devenues leurs entrailles – elles qui avaient parfois porté plus de trente enfants – et d'abandonner l'apanage de la fraîcheur à toutes ces inconscientes qui tortillaient déjà du derrière sans savoir que d'ici quelques jours, leur vie ne serait qu'agressions, silences, acceptations, puis attentes interminables et recommencements. Une vie rythmée par les naissances régulières d'enfants qu'elles n'auraient ni le temps, ni l'envie, ni la bêtise d'aimer.

Les jeunes filles riaient de mettre au rebus celles dont elles avaient autrefois jalousé la beauté ou le succès, heureuses de voir déjà les regards affamés de ceux qui les rendraient mères à leur tour, se poser sur les derniers moments de liberté et d'innocence de leur corps.

Oui, les rires étaient aussi malveillants que festifs.

Ylèna avança dans la foule des dos ployés, lente et droite, son regard serein fixé sur la lourde porte de cette église de fortune édifiée dans une grange ouverte aux quatre vents.

Elle se sentit définitivement étrangère. Et finalement heureuse de l'être. Soudain écœurée de la petitesse de ces rustres dressés dans le culte du sang, de la cruauté et de la prématurité de la mort.

Elle se sentit bouillir à l'intérieur, comme si la mutation célébrée en ce jour pour tous ceux de son âge devenait effective pour elle plus que pour quiconque.

L'Autre, celle qui dormait en elle depuis le jour de sa venue au monde et qu'elle n'avait jamais souhaité convoquer, était en train de s'éveiller et Ylèna la laissa faire.

Avec cette Autre se propageait la colère. Et la puissance du plaisir d'émotions inaccoutumées.

Ylèna recueillit le souffle et la présence.

Puis à nouveau la fureur. L'embrasement.

L'Autre l'aida à réfréner le galop de ses bouleversements. Sans pourtant tenter d'amortir les terribles cahots et leur tumulte, ni la malice démentielle de son rire.

C'est à ce moment-là qu'une main froide aux longs doigts déliés se referma sur le poignet d'Ylèna.

Lorsqu'elle se retourna pour voir qui se risquait à l'agripper ainsi, elle croisa le pétrole des prunelles de Modesto et son sourire de loup.

***

Ils devinrent proches. Comme personne ne l'avait été avant eux. Ni hommes entre eux. Ni femmes entre elles. Ni jamais aucun duo de sexes différents. Jamais.

Les gamins les épiaient dans leurs marches autour du village, le long des terres sans reliefs, sous les troncs nus des arbres, dans leurs pauses longues sur les bancs de fortune sur lesquels plus aucun passant ne s'asseyait depuis que Modesto les investissait un par un, susurrant des mots secrets, front contre front avec Ylèna ou réchauffant ses frêles épaules de son bras maigre et musculeux. Les vieilles gloussaient de ces attitudes d'affection inconvenantes et stupides qu'elles n'auraient jamais cru possible de voir un jour un mâle adopter, dissimulant leurs sourires édentés dans la coupe épaisse de leurs mains tavelées. Les hommes veillaient, inquiets de voir l'ombrageux Modesto réussir là où tous avaient échoué.

Oui ils avaient, pour certains d'entre eux, essayé d'approcher Ylèna. Mais leurs angoisses profondes avaient eu raison de leurs tentatives.

Ils étaient incapables de la toucher, de plonger dans ce regard vert qui passait en quelques secondes, ils en avaient été épouvantablement surpris et choqués, d'une crédulité délicieuse et connue à la plus torrentielle et à la plus cauchemardesque des rages ; revirement qui les avait cloués sur place bien plus sûrement que l'écumante charge du plus imposant des taureaux.

Modesto voulait emporter la couronne. Et ses compagnons ne voyaient pas bien ni comment ni pourquoi l'en empêcher. Avant tout, ils le craignaient. Ensuite, ils se disaient que si Modesto voulait risquer de finir en enfer, ce ne serait qu'une juste peine pour ce terrible vaurien qui les avait cloués à terre toute leur enfance et s'était réjoui de les pilonner de ses longs pieds pointus. Il continuait de les écraser. Le tortionnaire du passé sait demeurer une paroi infranchissable pour l'ancien vassal, même si ce dernier est désormais prompt à démolir des montagnes.

Sans tarder, Modesto avait pris à part chacun des candidats à l'appropriation d'Ylèna, se contentant de leur laisser mesurer le degré de violence présent dans la fermeté de ses ambitions. L'agressif n'avait encore jamais affronté un taureau mais chacun pensait qu'il en serait vainqueur rien qu'avec cet allant-là.

Il avait renvoyé ses camarades à leurs combats inutiles et sanglants. Et ils y avaient couru, trop heureux de se donner à ce qui les rassurait. Modesto lui, pouvait bien ambitionner d'être le plus puissant des duellistes, personne n'enviait les risques sans précédents qu'il se plaisait à prendre. Eux avaient vu la certitude de la mort et de la damnation dans les yeux d'Ylèna. Pas de combat, pas les saines et insignes blessures infligées par les taureaux. Juste la perdition et l'assurance du bûcher.

De son côté, Ylèna semblait plier et se laisser attendrir. Personne avant ce garçon n'avait jamais fait semblant de l'aimer. Elle comblait en sa présence le manque de tendresse qui l'étreignait depuis dix-sept ans. Modesto était pour elle tout velours. Les crans arrondis de ses cheveux de jais étaient velours. Ses cils, longs comme des cils de fille étaient velours. Les ténèbres de ses iris aussi. Le contact de ses mains. La peau chaude et duveteuse de ses avant-bras.

Ylèna ne cherchait pas à analyser pourquoi Modesto qui, lorsqu'il était enfant, crachait sur son passage et la provoquait par des attitudes laissant entrevoir un mélange de fureur et de peur primale, s'était à ce point rapproché d'elle. L'Autre lui avait tout expliqué. Mais peu lui importait. Elle l'aimait. Sincèrement. Elle s'égayait par lui, oubliant sa solitude de fillette paria ou de jeune femme redoutée.

Elle savourait sa chance d'être courtisée, de ne pas être traitée comme les autres filles, les ayant vues, depuis leur passage à l'âge adulte, assaillies de toutes part par les raides sommations de tous les nouveaux aspirants à la jouissance et à la procréation. Ylèna savait que Modesto n'avait pas été en reste et que les demoiselles qui avaient attisé son intérêt portaient désormais la marque de ses dents dans le gras de leur épaule droite.

Mais Ylèna comprenait. Et l'Autre riait de sa mansuétude. Les choses se passaient ainsi en ce monde et les hommes ne pouvaient échapper ni à leurs instincts ni à la responsabilité du rôle qui leur était octroyé.

L'important était que Modesto soit différent avec elle. Pas doux non, il ne l'était jamais vraiment ce belliqueux dont la poitrine se soulevait sans cesse en vagues de colère ou d'empressement. Mais il s'enfiévrait de la connaître mieux, de contempler le miraculeux visage et ses inclinaisons adorables. Il rugissait de la dureté de ce qu'il avait été, de ce que les autres étaient encore pour elle, s'enflammait de mille mots rageurs sur leur monde, sur leur peuple, sur la stupidité des us. Il tremblait en tenant dans sa main-griffe la main-plume d'Yléna et elle lisait dans la salive qui blanchissait les jonctions de ses lèvres, qu'il vibrait de la déchiqueter de ses dents aiguisées, mais qu'il espérait d'elle bien plus que le simple goût de sa chair dans sa bouche.

Elle l'entrevoyait tel qu'il était. Violent, instinctif, dominant. Mais il lui appartenait presque. Presque. Elle voyait en lui aussi clair que si elle avait lu les schémas de ses pensées dans une boule de cristal. L'Autre lui dévoilait tout. Mais même sans l'Autre, elle aurait su. Parce que Modesto le rugissant s'arrachait l'âme et la lui offrait, pourpre et palpitante, dans le creux de ses paumes. Il n'était pas encore conscient de ce cadeau qu'il faisait de lui, toujours engoncé dans ses attitudes bravaches et bourrées d'ego. Mais Ylèna, elle, saisissait toutes les progressions de son fléchissement.

Il n'y avait pas de logique à ça. Elle savait c'est tout. De toute façon, rien à l'intérieur d'elle ou au-dehors n'était plus logique depuis que sa vie avait entamé son sursis inattendu et ce compagnonnage intime avec la maline qui l'habitait.

Modesto n'avait pas changé d'avis sur Ylèna. Il la haïssait comme il l'avait haïe enfant.

Et lorsqu'elle l'observait avec cette intensité et cette précaution dont elle seule était capable, il s'étonnait toujours qu'elle ne remarque rien. Ou alors si, elle savait, il ne pouvait en être autrement. Elle avait pour lui ce regard voilé de Vierge absolutrice qui aime et pardonne malgré tout. Et ça le troublait plus qu'il ne l'aurait souhaité. Il la détestait presque de plus en plus follement mais il recherchait malgré cela perpétuellement sa présence et se laissait aller, souvent, à lui parler des angoisses qui étreignaient son cœur, lui qui n'avait que mépris pour la faiblesse et les épanchements.

Il se retenait de la serrer à l'étouffer sachant le plaisir fou qui en découlerait, le même plaisir qu'il prenait quand il était gosse à écraser dans sa paume le petit corps chaud et tremblotant d'un oiseau blessé. Mais parfois, quand il fermait les yeux, c'est sa propre carcasse qu'il voyait démantibulée par la menotte innocente de sa compagne et la peur et le désir d'elle le suffoquaient.

La tentation d'un mal dont il ne savait plus ni la provenance ni la cible lui brûlait le ventre et les mains. Mais l'envie folle de caresser Ylèna ou d'abandonner sa force entre ses bras le troublait bien plus encore.

S'il la haïssait tellement, c'était beaucoup parce qu'il ne pouvait plus se prémunir de l'aimer.

Et ça, Modesto ne pouvait le supporter.

***

Ils avaient scellé leur amour en mêlant leurs deux mains et le sang qui les rougissait.

Ils s'étaient aussi donnés l'un à l'autre et Modesto avait perdu pied pour la première fois, bouleversé par la chair et les yeux pâles, par le parfum épicé de la crinière fauve, par le renflement des lèvres mordues, par la splendeur archangélique d'un corps tendre, parfois secret et exaltant à contraindre, parfois autre, hurlant l'impudeur et la fièvre d'une meute de carnassières affamées.

Il avait reçu dans l'estomac le coup de poing d'un amour gigantesque, la douleur âpre et délicieusement lancinante d'une extase capable de faire couler les larmes d'un bonheur et d'une torture absolus, les larmes aussi du chagrin de ne jamais pouvoir les ressentir par une autre.

Il avait haleté longtemps, les yeux humides, désespérément ouverts sur des images apocalyptiques, les pupilles dilatées d'une insupportable terreur et d'une émotion hors du réel. Quand Ylèna lui avait pris le visage pour le poser contre son cœur il en avait déchiffré l'ensorcelant secret. Il savait désormais et sans doute aucun, qu'était venu le temps de réclamer sa condamnation.

***

Lorsqu'Ylèna vit arriver les hommes et onduler les voiles de deuil des femmes, elle comprit. L'Autre lui avait envoyé cette image longtemps auparavant ainsi que les intentions de ceux qui la composaient.

Elle posa son regard doux et compréhensif sur Modesto qui aiguisait sa lame depuis plusieurs minutes sur la pierre d'affûtage.

Il lui sourit.

Il l'aimait.

Ylèna se laissa emmener sans lutter au centre de la plaine où d'autres avaient péri. Elle songea que sans doute, sous ses pieds, la terre aride conservait encore le très fin sillage que le sang de Gena avait creusé des années auparavant.

Elle imagina les réseaux enterrés de sinuosités pas plus épaisses que des fils, brins de vies échappés à toutes ces mères coupables et à tous leurs enfants attentatoires, condamnés à ne pas vivre au-delà de leur seizième année.

Ylèna elle, avait bénéficié de quelques semaines de plus. Quelques semaines d'un bonheur parfait, auprès d'un homme qui ne l'était pas. Un furieux dont elle avait absorbé la colère pour la lui restituer en vagues de sentiments. Elle savait que Modesto avait voulu la posséder dans tous les sens du terme. Mais de ses mensonges, elle avait fait des réalités et de sa volonté d'assujettissement physique une élévation partagée et une soumission commune à la chair tendre de l'autre.

Il n'avait pas été le champion qu'il espérait, luttant vaillamment contre son dégoût pour toucher le diable du doigt et planter dans sa représentation féminine son dard plein de puissance et de venin.

Il était vaincu. Ylèna l'avait possédé, lui. Il avait baisé sa bouche, son cou, ses épaules avec une ferveur qui lui faisait tourner la tête, il avait enfoui son visage dans ses cheveux et la toison sous son ventre en riant comme un damné de s'enivrer ainsi, jusqu'à la saturation, jusqu'à perdre souffle et raison puis lui donner tout, son corps, ses mains, chacun de leurs mouvements, pas pour la soumettre, mais pour être à elle, cette image dans ses yeux éclipsant tout, ce poids inoubliable, ce contact.

Personne ne saurait.

Le peuple avait vu Modesto réussir ce qu'il avait projeté. Ylèna était leur monstre et Modesto l'avait vaincue. Il n'affronterait jamais le danger moindre de l'arène. Il serait pour toujours celui qui avait regardé leur Satan personnel dans les yeux et en était sorti sans heurts.

Personne ne devait savoir que tout cela était faux. Ou vrai, il ne savait plus. Il ne voulait pas la détruire parce qu'elle était mauvaise mais parce qu'elle était bonne, si bonne à son cœur et à sa peau. Mais oui, oui il le savait désormais, elle était possédée d'une force maléfique dont lui seul avait croisé les yeux fous et la puissante lascivité.

Il avait dit aux hommes qu'il avait vu de près les portes de l'enfer et que ce qui couvait derrière la façade paisible du visage d'Ylèna représentait un risque à anéantir à tout jamais. Et c'était vrai ! D'ailleurs tous les hommes le crurent. Eux aussi avaient été heurté par une vision similaire. Et cela bien avant lui !

Mais Modesto se moquait de qui elle était ou n'était pas, de qui polluait son âme ou la douceur de ses yeux. C'est son amour qu'il voulait tuer.

Ils étaient donc venus quelques-uns du village assister à une mort prévue de tout temps. Les hommes n'avaient pas apporté leur épée comme ils le faisaient pour les autres condamnées, les piquant tour à tour jusqu'à la mort. Modesto, leur premier et sans doute dernier soldat de Dieu, avait choisi d'être le seul à frapper.

Ils posèrent sur le front d'Ylèna la coiffe saugrenue, aiguisée de cornes factices, qui créait l'illusion d'un combat équitable entre l'homme armé et la femme bassement animale. Une couronne d'épines bien plus humiliante que réellement défensive contre les attaques du matador.

Celle que l'on venait voir mourir ne regarda que Modesto et toute la passion de son amour éclaboussa celui qui s'apprêtait à la mettre hors d'état de le fragiliser.

Il lui rendit son regard et le feu qui le rongeait. Il utilisa le déchaînement de ce feu pour plonger vers elle, épée en avant, décidé à l'achever vite et sans souffrances inutiles.

Ylèna rua comme un taureau sauvage. La rapacité assassine de son amour méritait une adversaire de taille.

D'abord surpris, Modesto se prit finalement au jeu et son sourire retrouva la dépravation et le vice qui l'avaient toujours caractérisé. Lui qui n'avait jamais foulé le sable de l'arène apprécia le combat, la nuque rousse qui se refusait à lui et les olas des spectateurs. Il adora Ylèna plus encore pour cette théâtralité qu'elle offrait à leur scène finale. Il était le Dieu de la mort, torse bombé et mains levées vers le ciel. Elle était le bourreau de son cœur. Il ferait d'elle sa plus belle et sa plus légendaire victime. Il se jeta à nouveau vers la bête qu'il voyait à présent et qui n'avait plus rien à voir avec la magicienne qu'il avait adorée la veille. Elle était à lui. Elle se donnait là encore son Ylèna. Elle lui ferait don de sa mort, comme lui lui avait fait don de ses abandons.

Il avança à pas rapides et visa entre les épaules. La lame s'enfonça et Modesto se sentit défaillir d'une jouissance nouvelle, aussi forte que celles qu'elle lui avait déjà données mais mêlée à des émotions jusqu'ici inaccessibles : la toute-puissance, le droit de vie et de mort, la culpabilité, la peur infinie de perdre l'être miraculeux et la certitude de ne jamais le remplacer.

Ylèna hurla de douleur et ses yeux toujours si confiants se remplirent des larmes du désespoir et de l'amertume.

Ce qui avait toujours frissonné en elle, cette violence retenue qu'elle sentait mais qu'elle tenait à museler pour pouvoir être acceptée au village et faire mentir les prédictions, elle la sentit assombrir son âme.

La lumière d'Ylèna étincela tout entière dans ses yeux. Son innocence vola en éclat, laissant le vert tendre de ses yeux d'enfant sage s'ombrer de fureur et de malignité.

Ylèna laissa toute la place à l'Autre. Cette enfant satanique née pour détruire et déchirer l'orgueil des hommes d'ici. Elle se quittait.

Et lorsque son corps frêle chargea celui qui la provoquait, il vibra d'une puissance et d'une rage qui n'étaient pas terrestre.

Tête baissée et bouche écumante elle visa le ventre qu'hier encore elle aguichait.

Modesto senti le liquide chaud avant de sentir la douleur et il pensa qu'Yléna se mourrait. Mais lorsqu'elle s'éloigna de lui, il remarqua que le filet de sang qui barrait sa joue immaculée et assombrissait un peu sa chevelure ne pouvait pas avoir pu le tremper ainsi. Il baissa les yeux vers le sol et contempla les torrents rouges qui s'y déversaient, remplissant non pas de fins interstices, mais des cratères monumentaux.

Modesto tomba à genoux et Yléna le rejoignit. Elle caressa son front, embrassa ses lèvres. Quand il s'écroula, Yléna posa la tête du mourant sur ses genoux. Elle couvrit la bouche de la sienne, aspira goulument le dernier, tout dernier râle, leva le menton pour laisser le souffle emplir sa gorge et y exploser.

Les spectateurs insensibilisés de tout temps à la souffrance des condamnées ou à celle des combattants tressaillirent pour la première fois de leur vie devant la dépouille de l'un des leurs.

La pluie se mit à tomber, froide et intrusive sous la toile grossières des chemises et un frisson supplémentaire inquiéta l'assemblée.

Ils observèrent tous, hommes et femmes ensemble, l'innocente qui avait grandi dans leur haine et que l'ambition démesurée d'un amant sans cœur aurait dû détruire pour toujours.

Mais ils ne la reconnurent pas.

Le buste d'Ylèna courbé sur l'homme, et son visage impénétrable levé haut vers les tourments du ciel, constituaient leur semblait-il une silhouette surnaturelle. Sa peau resplendissait, plus pâle encore que la peau déjà cireuse du cadavre et ses cheveux, trempés du sang brun de sa blessure, du sang rouge et frais du ventre de Modesto et des coulures pisseuses d'une pluie sale, s'épaississaient en une crinière large, fauve et rugueuse.

Les femmes sous leurs voiles se signèrent et les hommes reculèrent d'un pas.

Lorsque l'assassine se détacha de l'enveloppe vide de celui qui n'était même pas mort en héros, et qu'elle se dressa, fière et nue sous les foudroiements nourriciers d'un ciel plus menaçant que jamais, des flammes dansèrent dans ses yeux, jaunes, ardentes, vives d'aiguillons et de projections, les flammes d'un cauchemar attendu qui avait couvé seize ans et qu'ils auraient dû circonscrire au moment prévu.

Ylèna était toujours là, mais avec sa colère d'orpheline, sa tristesse d'enfant malmenée, son humiliation de jeune femme enjeu, sa violence d'amoureuse abusée. Et l'Autre gonflait, gonflait en elle, plus forte de seconde en seconde, ivre des rancœurs contenues, alléchée par le premier sang versé, piaffant d'accomplir ce pour quoi elle était née.

Yléna.

Satanique. Angélique.

Elle. Autre. Tout entière.

Lorsqu'elle pencha sa tête sur le côté pour observer les villageois avec ce sourire énigmatique qui avait toujours si bien su les faire douter, ils se surprirent à en être attendris. Et c'est totalement pétrifiés, mais leurs visages étrangement empreints d'un émoi stupide et sans logique qu'ils laissèrent Ylèna faire de leurs corps morcelés les premières briques de son œuvre de destruction.

Inspiration :   Couleur Menthe à l'eau /
Eddy Mitchell

Paroles

Un parolier féru de cinéma qui construit toutes ses chansons comme un scénario et nous délivre à chaque fois un vrai petit film. Les mots sont simples mais ils tapent juste ! Ne voyez-vous pas les personnages vivre en écoutant cette chanson ? Ne voyez-vous pas les décors se dessiner après chaque couplet ? Désir ou amour déçu, chagrin, fantasme hollywoodien, fan des sixties. Une ballade mélancolique pour ex-ados menthe à l'eau.

Chanson à écouter après lecture, mais avec un verre de menthe s'il vous plait !

COULEUR MENTHE À L'EAU

« Elle était maquillée, comme une star de ciné
Accoudée au juke-box
Oh oh oh… »

Ces paroles vous les connaissez ? Ouais ? Bien vu ! *Couleur menthe à l'eau* de mon pote Eddy Mitchell. Bravo ! C'est bien ça le titre !

Par contre, c'que vous savez sûr'ment pas, c'est que cette chanson a été écrite pour moi, rapport à cette fille dont j'suis tombé amoureux un soir d'après spectacle. J'dirais même qu'elle a été plus ou moins écrite par moi. Ça vous étonne ? J'vous raconte !

Je m'appelle Dyv. Yves en vrai, mais Dyv c'est le nom sous lequel on m'connaît sur les tournées. Bah ça tient à quoi un surnom ? À pas grand-chose en vrai. Les collègues étaient sans arrêt en train de me chercher pour un truc ou un autre :

« Dis Yves, t'as pas vu un marteau ? » « Dis Yves, c'est ok pour le branchement des amplis ? » « Dis Yves… »

Alors ce « Dis Yves » répété des centaines de fois par jour a fini par donner « Dyv ».

Rapide. Efficace.

Et puis j'aime bien. Ça prouve que j'suis calé dans mon boulot et nécessaire à certains. Et puis Dyv, ça pète un peu genre Dyv le Divin non ?

Je plaisante. J'suis cool comme mec. J'me prends pas la tête vous savez. Vaut mieux dans mon métier.

Ah ouais, j'vous ai pas dit ! J'suis roadie.

Roadie, c'est comme ça qu'on appelle les machinos itinérants. Ça vous parle ? En fait je suis le gars qui

– entre autres choses – installe les scènes, les projos, les fils électriques, celui qui déplace les instruments, apporte les micros pendant les concerts. J'ai bossé sur de grosses tournées. Johnny, Sardou et bien sûr pour Mr Eddy. Lui, c'est mon idole depuis toujours. Et en plus, maintenant, c'est devenu un ami.

Mon job, c'est de la manutention principalement. Un vrai turbin de vrai travailleur qui sue et force. Mais… avec un truc en plus. Une compensation comme qui dirait !

Voyez, j'suis pas artiste, du moins pas au sens où on l'entend dans mon milieu. Pourtant, j'vous jure que pour adapter chaque soir le matos aux salles, parcs, arènes où on décharge nos Tourbus, faut être sacrément calé, croyez-moi !

Mais bon, c'est vrai j'suis pas artiste comme celui qui chante ou qui joue, ok, mais j'ai quasiment la même vie qu'eux. Et ça, ça fait vachement rêver les filles. Vous la voyez la compensation ?

Bien sûr les minettes fantasment pas autant sur moi et mon vieux polo STAFF que sur le chanteur et ses paillettes ou sur le guitariste et sa gratte, mais les moins ambitieuses peuvent se laisser tenter, en désespoir de cause, par le mec qui trifouille les câbles ou donne le top aux vedettes. Et les groupies aux visées modestes, j'peux vous garantir qu'elles réchauffent aussi bien que leurs copines arrivistes les paillasses froides des chambres d'hôtels anonymes !

Un soir, après un concert de je sais plus trop quel chanteur disparu de la circulation depuis, la team a fini dans un bar plein de mignonnes prêtes à côtoyer les étoiles.

C'était une mini tournée et elle venait de vivre sa dernière date. J'étais bien. J'avais plus la tête aux réglages ni à rien. J'voulais juste me détendre, boire deux ou trois bières et prendre du bon temps.

Eh bien croyez-le ou non, j'ai rien fait de tout ça. Non. Rien du tout.

Ce soir-là c'est moi qui suis tombé.

Pour une baby-doll, totalement fan d'elle-même.

La fille aux yeux couleur menthe à l'eau, c'était elle.

« Et moi je n'en pouvais plus,
Bien sûr elle ne m'a pas vu
Perdue dans sa mégalo
Moi j'étais de trop »

Elle flottait vous voyez. Et elle flottait vachement bien. Avec des bras légers comme des foulards, des épaules qui roulaient et des hanches qu'arrêtaient pas de dessiner des boucles au-d'ssus du sol.

Les autres filles, je les ai même pas vues.

Tu peux pas exister quand quelqu'un prend toute la place. C'est vrai ça ! Elle leur a rien laissé. Pas un centimètre carré pour tenter un second rôle ou trois secondes de figuration. Elle bouffait tout l'espace entre elle et les quatre murs et elle te scotchait fissa à l'un d'eux version méga chatterton.

Elle donnait l'impression de défiler au ralenti. D'ailleurs c'est c'que j'ai cru au début. Qu'elle avait été envoyée là par une boutique de mode du coin pour nous mettre plein les mirettes du skaï de sa craquante petite jupe ou des coutures prêtes à craquer de son bustier trop ajusté.

J'me suis d'ailleurs dit en moi-même que le commerçant était sûr'ment un bon gros débile et qu'il trouverait jamais aucune cliente assez bigleuse pour oser acheter ces articles après les avoir vus porté par cet avion de chasse. Que le pauvre s'était tiré direct une balle dans le pied.

Mais en fait non, c'était pas les fringues que la fille mettait en valeur. C'était elle. Juste elle. Sans penser à rien de rien, même pas à c'qu'elle provoquait.

Sans voir ni la salle un peu miteuse de ce café PMU de campagne, ni les buveurs du samedi soir, ni l'équipe de routards prêts à en découdre avec la nuit que nous étions mes potes et moi.

Elle était… Comment expliquer ce qu'elle était ?

Elle était…oui… un peu comme le personnage principal d'une représentation. Et croyez-moi, elle mimait le truc avec une sacrée dose de sex-appeal ! D'abord son entrée. Une fois. Deux fois. Six fois. Lente. Provocante. Chaloupée.

Ses pauses après. Langoureuses. Détachées. Avec sur son visage de poupée psychédélique en plan fixe, les zooms amoureux d'une putain de caméra invisible.

Je crois qu'elle se la jouait héroïne de tout un tas de scénarios : la jeune première candide, la prisonnière Apache effrayée, la vamp sulfureuse, l'espionne machiavélique, la plus jolie fille du quartier coincée dans un bouge sordide et une vie pas assez grande pour elle.

« Elle rêvait qu'elle posait
Juste pour un bout d'essai
À la Century Fox
Oh oh… »

Vous voulez savoir un secret ? En fait elle avait pas du tout les yeux menthe à l'eau. Ça c'est des trucs de compositeur ! De la poésie pour faire rimer les phrases !
J'ai pas bien vu la couleur de ses yeux d'ailleurs. Mais s'ils avaient la couleur d'une boisson, ça aurait été plutôt celle des Martini qu'elle léchouillait goulument sur la chair de son olive piquée. Entre l'alcool, son maquillage de voiture volée et ses faux-cils trop lourds, elle arrivait même plus à les ouvrir ses yeux. Ça lui filait un air mystérieux. Glamour. Celui d'une Marylin des faubourgs, fragilement belle, légèrement beurrée et grave siphonnée.

« Elle marchait comme un chat
Qui méprise sa proie »

Elle s'en foutait de nous. De l'équipe de gros bras et de musicos qui la lorgnait et remplissait le juke-box de monnaie pour la voir bouger encore. Non, pas bouger ! Flotter ouais ! Ondoyer comme une star sur tapis rouge. Elle s'en foutait de qui on était.

« Hollywood est dans sa tête »

Elle se suffisait à elle-même. Moi j'avais l'impression de la regarder rêver. D'être entré en douce, de nuit, dans sa chambre et de me brûler les rétines à ses projections de lights.
Elle existait ailleurs ça s'voyait. Dans un lieu saturé de spots et de flashs crépitants. Elle aurait pu avoir l'air ridicule à frimer comme ça. Mais elle l'était pas, non. Pas pour moi en tous cas. Si c'étaient ses ambitions qu'elle mettait en mouvement, elles paraissaient sacrément importantes, sacrément nécessaires. Et derrière cette version d'elle qu'elle balançait crânement à toute l'assemblée, j'la supposais fragile et aussi terrifiée qu'une gosse.

Je nous revois encore tous, nous les pauvres mâles stupides et ignorés, avec nos yeux larmoyants, grands comme des soucoupes et nos bouches ouvertes. On n'était même plus des chasseurs. Elle avait fait de nous des loques hallucinées.
Moi. Surtout moi en réalité.
J'devenais ami-ami avec mon désespoir.

« Et moi je n'en pouvais plus

Elle n'en a jamais rien su
Ma plus jolie des mythos
Couleur menthe à l'eau »

J'ai raconté plus tard mon coup de cœur à
Eddy. J'avais fait une connerie sur un concert. Il
m'a demandé des comptes parce que c'est vrai que
ça arrivait pas si souvent. Alors j'me suis confié et
il m'en a plus voulu. Il a compris. Il est sympa Eddy.
Il a surtout plongé dans mon histoire.
Moi amoureux. Le juke-box. La fille trop jolie. Son
côté timbré.
Lui qui adore le ciné US a vu des images de super
production américaine. La môme Baker avant
qu'elle devienne Marylin. Sexy à se damner avant
même décrocher son premier rôle et capable de
croire assez en elle pour se comporter déjà en
mythe. La bande de voyeurs-rêveurs assistant à son
premier show. Et le jeune con malade d'elle à en
mourir : moi !
On a fait la chanson. Ensemble. Enfin… plus ou
moins. Hey, j'suis pas un menteur ! J'ai juste
raconté, inspiré. Les paroles on les doit à Eddy
forcément. Mais, comme il a dit, et j'ai trouvé ça
trop bien : « ce sont peut-être mes mots, mais ils
sont écrits avec ton cœur qui saigne ». Enfin, un truc
dans ce genre-là ! Bah ça m'fout le frisson ça. Pas à
vous ?
C'est une sacrée belle chanson en tous cas, non ? Sa
plus connue peut-être. Celle que tout le monde peut
fredonner même sans être fan de Mitchell.

Je suis qu'un simple roadie vous savez. C'est un honneur pour moi d'avoir été à l'origine d'un tel succès.

Et puis aussi de savoir que mon béguin pour cette fille fera se rapprocher les couples sur les pistes de danse. Que les femmes se feront félines en s'imaginant être elle. Que les types les enlaceront avec des tendresses et des désirs plein la tête.

Ce qui fout le bourdon à un mec sans chichi comme moi, peut toucher un public populaire vous croyez-pas ?

Quand j'entends ce titre, perso, j'peux pas m'empêcher de repenser à ce soir d'après concert.

J'revois l'obscurité du bar, la lumière du juke-box et ma starlette qui ondule paresseusement sur des vieux sons sixties.

J'revois le gars aussi. Celui *« aux yeux noirs couleur de trottoir »* de la chanson.

J'préfère éviter d'en parler trop. Lui, elle l'a vu. J'sais pas pourquoi. Il avait pourtant pas une gueule de premier de la classe. Elle est partie avec lui. C'est tout. C'est la vie. J'ai pas su faire ce qu'il fallait. Ça me bousille le cerveau depuis.

Depuis…

Eh bien depuis je continue de bosser. De porter du matos. De prendre soin des scènes et des vedettes. De draguer les groupies qui se pressent dans les coulisses après les derniers applauses. Et d'écumer les bars dans l'espoir de recroiser ma pin-up, ses yeux défoncés, ses lèvres roses, sa dinguerie d'chorégraphie. J'sais bien que ça n'arrivera sûr'ment jamais, mais j'suis un macho romantique. J'passerai ma vie à espérer voir son derrière me faire à nouveau de l'œil dès que j'entrerai dans un bar. C'est con, mais c'est comme ça.

Puis comme c'est fort possible que ça se produise pas, peut-être que qui sait, je rencontrerai une autre fille ! Une qui finira à mon bras cette fois, parce que j'serai pas resté comme un naze à la regarder partir avec le Fonzie du coin.

Et qu'elle, ma citron, ma grenadine, elle saura guérir mon palpitant dézingué par l'souvenir de mon mirage couleur menthe à l'eau.

« Oh oh oh … »

Inspiration :   La fillette de l'étang /
                      Daniel Balavoine

                      Paroles

Balavoine et Le Chanteur (son premier succès) ont été un vrai choc pour moi. Sentiments mitigés, bouleversés mais forts, si forts ! Et puis est arrivé ce texte très intriguant de La Fillette de l'Étang, face B de Vivre ou Survivre.
J'ai l'âge de cette petite fille quand je découvre la chanson. Et je me souviens l'écouter en boucle, bien plus que le titre phare, sans doute pour essayer de la comprendre, de saisir ce secret, cette ambiguïté, ce malaise que je ressens sans comprendre pourquoi.

Chanson à écouter ou à découvrir absolument après lecture !

LA FILLETTE
DE
L'ÉTANG

Babs fendait le miroir paisible de l'étang, tout doux, la bouche et le menton immergés, le nez au ras de la loupe aqueuse qui réfléchissait la pâleur de son museau.

Sur son front, camouflé sous le rideau de cheveux dégoulinants, les panicules d'un roseau commun s'étaient hasardeusement déposées en couronne, faisant du mont doré du crâne de la fillette une minuscule et ronde roselière, fugueuse, détachée, libre.

Elle progressait sous la surface, lente mais vive animale aquatique, jouissant comme toujours de la fraîcheur de l'étang et de sa protection, cette gaine liquide, invisible, pourtant épaisse et sirupeuse, qui l'habillait d'une sorte de seconde peau, une peau pareille à celle, si lisse, des anguilles aux ondulations sinueuses.

Tombés du ciel – strate supérieure de cet écosystème idéal –, les pans diaphanes d'une brume d'été safranée s'effilochaient dans la jonchaie et un soleil à ses premières heures, émergeant de la forêt de chênes au loin, empourprait un lac large, scintillant, ridé très douillettement des discrets clapotis de l'enfant ou des va-et-vient des tanches et des ablettes.

Près des typhas, le coassement quasi stridulant des grenouilles claquetait fort et Babs s'arrêta un moment pour les écouter. Elle aimait se faufiler entre feuilles et épis, intruse aux observations respectueuses et à la communion pondérée, forte d'un cousinage amphibien pourtant terni d'une illégitimité de géante ne lui autorisant ni éclats sonores, ni sauts facétieux.

Un grèbe huppé peu farouche lui tint compagnie dans cette faction avant de se décider à plonger à la conquête d'une de ces proies beuglardes et la petite aperçut, dans un enchevêtrement végétal non loin, son nid d'algues qui vaguait.

Elle rejoignit sans bruit la rive et sa terre argileuse, y enfonça ses pieds fripés d'une immersion trop longue puis s'allongea sur les planches de cette jetée qui était, après le centre de l'étang, son poste d'observation favori.

Au-dessus d'elle, la page bleuissante du ciel s'éclairait lentement et les vols de busards la signaient de larges V bruns.

Le thorax de la petite enfla, follement épanoui par la démesure des battements d'un cœur palpitant non pas vraiment des efforts de la traversée, mais plutôt du bonheur d'être là, étendue, trempée, yeux et membres grands ouverts à la magie environnante, épiderme offert au souffle et aux rayons naissants, corps-buvard, avide d'absorber les couleurs, l'oxygène, les odeurs, tout ce qui constituait cet univers. Son univers ! Celui, tout en variations d'or et de mousse dans lequel le son de ses joues tachetées et l'émeraude de ses yeux immenses semblaient avoir trouvé lignage. Celui à la fois adoptant et conquis courant de la maison à Tim, de Tim à la maison, termes alternatifs de son voyage et bouts opposés de son fragment de monde.

Tim ! Tim !

Elle se préparait à lui dans l'exagération de cette inspiration. Elle s'allégeait avant lui, avant l'exigence pesante mais délicieuse de ce « tout à Tim » auquel elle s'astreignait de son propre chef et avec une volonté à la fois candide et farouche, des soucis du quotidien, de la morsure des mots, de l'absence de tendresse. Elle se transformait.

Créature d'eau douce sortie des faibles profondeurs, Babs se visualisait mutante à chaque goutte dévalant ses flancs nus, goutte capable en séchant de limoner ces mêmes flancs d'un corset diapré d'illusoires écailles et de leur restituer la soie fragile d'une chair enfantine. Une métamorphose fantasmée de petite fille de douze ans, couchée sur ce ponton dans un froufroutement d'insectes transparents, tout en voiles de fées.

    « *Babette, bébête !* »

Elle aurait voulu se dépouiller aussi bien de cette rengaine que de son hypothétique mue.

Ne plus être Babette ni bébête.

N'être que Babs. Rien que Babs. Celle de l'étang.

Celle de Tim. *Oui, Tim. Pense à Tim.*

« *Babette elle est bête, bête, bête !* »

Son inspiration prit plus d'amplitude encore.

« *Babette elle est bête, bête, bête !* »

Ici elle était reine d'un royaume lacustre et experte à son sujet.

Pas bébête !

Non ! Pas bébête !

La ritournelle entêtante des gosses grinçait dans sa tête comme un rouage que l'eau de l'étang ne réussirait pas à gripper.

C'était loin pourtant. Ça avait eu lieu peu après la rentrée.

Eux tous. Groupés. Épaules contre épaules. Doigts fourmillant d'une perverse frénésie dans l'agressivité ricanante de leurs poings serrés. Leurs sourires identiques. Tout en dents acérées. Leurs voix semblables. Vacillantes d'indécisions individuelles mais amples et résolues dans l'élan de leur polyphonie.

« *Babette elle est bête, bête, bête !* »

Babs avait ri alors. Par générosité. Par politesse. Elle avait ri sans malice, sans bravade, incapable de soupçonner la férocité sous l'exhibition de leurs quenottes, sous la crispation de leurs jointures ou sous l'affligeante naïveté de leur chanson. Elle avait ri pour dédommager ses camarades de leur effort, ri pour ne pas grimacer de la disharmonie ridicule de leurs voix mêlées, ri d'être appelée bête parce que les bêtes, elle les aimait encore mieux que les gens et qu'elle trouvait leurs moyens d'expression tellement plus intelligibles que les dissonances de ces concertistes approximatifs.

« *Babette elle est bête, bête, bête !* »

En la saisissant par l'oreille du bout de ses grands doigts tout en griffes et en la traînant loin de la moqueuse assemblée, la mère lui avait balancé :

« Faut que tu sois sacrément idiote pour rigoler ma parole. Ces merdeux se foutent de toi, tu le vois pas ?! »

Non, elle n'avait pas vu. Pas compris.

Depuis elle ne riait plus à l'école. Ni à la maison non plus.

Depuis, elle gardait des larmes collées à ses cils, éternelles, comme les perles de rosée sur les poils de la carnivore Droséra, cette plante qui piégeait les mouches dans la tourbière, fatale pleureuse au funeste sanglot.

Depuis, elle ne voulait plus de ce Babette honteux qui rimait avec sa bêtise.

« *Bête, bête !* »

Elle détestait sa mère de lui avoir choisi ce prénom. Elle la détestait surtout d'avoir ajouté à son humiliation.

Elle voulait n'être que Babs. Juste Babs.

Celle qu'un petit Tim de six ans avait reconnue et rebaptisée, le jour même de sa naissance, après l'avoir arrachée aux bras apathiques de la mère.

Celle qu'il avait portée dans les renouées et les iris d'eau pour lui baigner le front à grandes aspersions tout en l'adoubant de ses « Babs » hystériques.

Tim. Son Tim.

Le Tim-bré avait aussi refusé d'aller à l'école longtemps. Les bruyants avaient sans doute trop gueulé sur ses silences !

Depuis que les dames des services sociaux avaient appris qu'il vivait seul et qu'il aidait un peu le père à la casse, elles n'effectuaient plus ces visites, rares mais inopportunes, qui obligeaient la mère à gratter mieux la crasse sur les carreaux disjoints ou dans les plis des cous des gamins.

Mais savaient-elles, ces zélées fonctionnaires, que la nouvelle adresse de Tim était « quelque part au milieu des bois » et que son travail à la casse l'autorisait à peine à réclamer une ou deux de ces boîtes de conserve qu'il posait sur son réchaud, dans sa cahute, près de la lande à bruyère ?

Il ne pouvait, de toute façon, guère prétendre à mieux disait la mère. Et Babs tempêtait que c'était faux, que c'était méchant, que Tim méritait tellement !

« Écoute-le, écoute-le à sa guitare ! », hurlait-elle, cramoisie des replis irrités de son larynx jusqu'à l'arrondi de ses joues indignées.

« Tu verras qui il est et ce qu'il peut. Et ce qu'il peut, c'est beaucoup, beaucoup ! »

Mais la mère arguait que même le plus sot des babouins saurait faire sonner une guitare et que produire trois notes pouvait rarement en acquitter une.

Elle raillait aussi que ce que Babs nommait poétiquement « la raison d'exister de Tim » était surtout le seul outil qu'il avait à sa disposition pour laisser parfois affleurer sa raison.

Ils étaient bien bons de laisser croire à cet imbécile, incapable de parler, incapable de compter, incapable d'entrer dans un magasin et de s'acheter quoi que ce soit, que démonter un rétro ou désosser une épave lui donnait droit aux provisions fournies.

« On est bien bons le père et moi, j'te le garantis. Autant avec l'autre attardé qui gratouille toute la journée, qu'avec toi qui crois que ça ressemble à quèque chose ! »

Mais qu'elle se taise ! Qu'elle se taise ! Elle ne savait rien ! Rien !

Quand Babs, visiteuse de chaque jour, arpenteuse infatigable de cette ligne de désir hors des sentiers aménagés, venait et s'asseyait face à Tim, elle tremblait comme une feuille d'arbre brandillée par le vent. Sa guitare et lui ne faisaient qu'un. Et elle, petite pièce cardinale, intrusive, s'imbriquait à leur étreinte, la magnifiant par sa présence, par son écoute, lui conférant l'âme, ce supplément émouvant et pur qui transcendait tout.

Ils étaient forts ces moments. Babs apprenait la fièvre.

Celle de Tim d'abord.

Sa sauvagerie et sa sombre douceur, le velours flamboyant dans ses yeux d'onyx noir, le tourment comme un orage sublime et dangereux qui transfigurait son visage à demi dissimulé derrière les longues mèches, bien plus noires, de sa tignasse hirsute de sauvageon tombé tout droit d'un nid de brindilles.

La sienne ensuite. Et c'était plus vertigineux encore. Ses yeux surdimensionnés, ses cils comme des antennes et le tic frénétique qui agitait ses cuisses quand la lèvre de Tim se crispait dans une crampe apothéose sur des notes inventées qui se faisaient mélodie. Elle s'endormait souvent dans sa musique, vidée de ses forces, rompue par une intensité tenue à bout de cœur battant, parce qu'elle aurait pu mourir à rester éveillée la nuit durant, elle aurait pu mourir de s'être trop nourrie de lui ou de ce qu'il lui donnait : son visage illuminé, ses yeux de feu, ses doigts éloquents qui suspendaient dans l'atmosphère des sons mieux que les mots que Tim ne prononcerait jamais. Elle recevait tellement de lui, comme lorsqu'elle capturait l'essence de tout ce qui faisait l'étang. Se goinfrer d'eux jusqu'à la saturation, jusqu'à ce que sa poitrine déborde et lui fasse mal de trop de beautés ou de trop de sentiments.

Il ne causait pas Tim mais, même quand il posait sa guitare, Babs le décodait toujours. Elle savait le sens de toutes les modulations de son étrange voix miaulée. Elle saisissait l'intention de tous ses « Babs », laconiques sans doute, mais si pleins d'expressivité.

En dehors de ces transes, Tim était engourdi et tranquille. Quand elle se pelotonnait dans ses bras, il froissait ses cheveux sans rien dire. Juste : Babs ! Alors ils poussaient la porte de la cabane pour s'offrir une bulle ouverte sur leur ciel, sa petite tête à elle prise entre ses larges paumes à lui, ses tempes étroites pétries par la pulpe calleuse de doigts trop longuement confrontés à la dureté des cordes.

Il l'enveloppait comme l'enveloppait l'eau du lac. Mais d'un fourreau d'écorce, chaud, suave, nervuré. Il la rendait forte. Fille de la terre et non plus seulement fille de l'eau. Faite d'un bois dans lequel tailler un instrument, une table d'harmonie, douce, d'acajou, galbée à la main, profonde de résonance. Faite d'un bois à creuser au canif, sept entailles au couteau, deux pour le T, une pour le I, quatre pour le M.

Avoir son nom sur sa peau.

TIM ! TIM !

Elle avait dit à la mère qu'elle voulait partir de la maison, ne plus aller en classe. Qu'elle préférait se taire avec Tim, jouer avec les canards, nager dans l'étang, planter ses dents droit dans la viande en gelée des boites de corned-beef patiemment ouvertes au couteau, entendre gazouiller les oiseaux et les bébés aussi, oui, les bébés que Tim lui ferait.

« T'es autant cinglée que lui ma parole ! Qu'est-ce que tu racontes comme âneries ? Tu peux pas bécasse. Tim c'est ton frère. Tu crois qu'il s'rait capable de t'engrosser cet abruti ? »

Babs ne parlerait plus à la mère. Plus jamais. Qu'est-ce qu'elle en savait cette fâcheuse de ce qu'ils étaient l'un pour l'autre ? Qu'est-ce qu'elle avait à en dire, elle qui avait, avec le père, été une enfant fleur des communautés hippies et franchi avec lui toutes les limites de la fraternité et de la défonce ?

Est-ce qu'ils n'avaient pas donné ensemble naissance à huit rejetons, là, pas si loin de l'étang, dans les carcasses de voitures, les pneus et les vapeurs d'essence, dans la poussière de la véranda, soutenus par les aînés successifs, celui qui maintient la tête, celui qui éponge le front, celui qui encourage, celui qui enchâsse fort ses poings à ses orbites pour ne pas se heurter au cadeau malséant de l'intime et du sang ?

Tim, « le mal fini », comme le père désignait trop souvent son grand fils, avait assisté, éteint, à l'arrivée de chaque membre de sa tribu. Et c'est le petit minois de Babs, pourtant déjà la quatrième après lui, qui avait provoqué non seulement son premier mot, mais aussi sa toute première manifestation physique : le rapt, la course, la dissimulation, la confrontation à l'eau du lac.

Il avait été battu pour ça.

« T'as voulu noyer le bébé, gros taré ! » avait crié le père.

Mais Tim avait scandé des « Babs » toujours plus convaincus et protégé sa pauvre tête assommée de claques.

Babs n'avait jamais eu peur de lui. Au contraire. Elle s'était toujours sentie comme consacrée par son geste.

Le nourrisson qu'elle avait été avait tendu ses menottes vers la bouche jusque-là muette, la cognant à petits coups répétés comme pour exiger son prénom encore, son prénom réinventé, son prénom articulé d'une voix neuve, étrennée rien que pour elle : « Babs, Babs, Babs ! » Et Tim avait desserré sans crainte ses lèvres pleines et goûté la tiédeur et le velouté de sa langue enfin déroulée, enfin déliée sur la rondeur de ce « Babs », non seulement premier d'une longue série à venir, mais aussi préambule à un langage jusqu'alors inimaginé, celui de la musique.

Oui, c'est après elle qu'il avait commencé à jouer !

« T'iras pas là-bas Bett, avait dit le père, et à douze ans on fait pas des mioches ! Et avec l'autre Timbré en plus, manquerait plus qu'ça ! »

Elle avait fugué à l'aube. Elle n'avait rien emporté.

Juste sa carapace amphibie et sa volonté à se faire la paire. Elle avait laissé un mot tout de même. Pour leur assurer que tout irait bien. Qu'elle ne serait pas loin.

Juste au bout de l'univers avec Tim.

Pa, Ma,
Vous inquiété pa pour moi,
Je vais a la cabane
Je reviendré pa
Avec Tim on va allé bien
Et etre heureux
Vous aussi on esper.
Babs

Elle quitta la jetée, foula l'herbe tendre de la clairière puis les sentiers broussailleux ouverts jour après jour à la poussée de ses hanches et enfin la lande embaumée aux grappes de clochettes roses, plaine étale d'abord puis moutonnement confidentiel entre les verticalités géantes d'arbres aux cimes embrassées et transpercées de lumière.

Elle se dirigea vers ce qui allait devenir son havre, cette construction de bric et de broc dans laquelle logeait déjà son cœur.

« Ah, te voilà saleté ! Avec tes bêtises, tu m'as bousillé ma matinée. Allez, faut arrêter tout ça et rentrer à la maison maint'nant. Monte ! »

Le père était là, accoudé à un arbre. Son vieux combi rouillé comme un tronc gris déraciné derrière l'écorce blanche des bouleaux. Babs le trouva moche. Misérablement inapproprié à l'instant et au lieu avec sa salopette salie de cambouis, ses godillots aux semelles maintes fois rafistolées et sa peau fatiguée de consommateur trop assidu de chichon et de bière bon marché

Babs tenta un regard circulaire, prête à la fuite, au galop éperdu, à ses plantes déchiquetées, à ses genoux écorchés. Au-delà de la cabane, la rudesse des sentiers ou les lacis des ramures lui étaient inconnus !

Mais elle mit sans doute trop de temps à penser et le père la menotta de ses longs doigts jaunes.

« Non, Pa ! Non !

– Écoute, m'agaces pas comme ça ! Faut arrêter maint'nant !

– Non ! Pa !

– Allez, j'veux pas te faire mal Babet ! Mais si tu m'pousses, j'vais être obligé ! Allez, tu sais que tu peux plus v'nir ici. Sois gentille, monte dans le fourgon, va !

– Non ! Paaaaaa ! »

Derrière le rideau de ses larmes, Babs vit branler puis s'évanouir le visage cireux du père, négligeable fétu sous l'agression tentaculaire d'un monumental arachnide aux soies corbeau.

Elle fut soulevée comme une brassée légère, soustraite pour la seconde fois de sa vie à l'étau oppressif de ceux qui ne la caressaient jamais, transbordée du nœud dur d'une épaule jusqu'à la volonté infrangible de bras arrondis en berceau. Elle fut emmenée. Vite. Loin.

TIM ! TIM !

Babs observa la flore et toutes ses nuances se succéder entre les voiles de ses cheveux hachurés par la course. Elle vit le point éblouissant du soleil qui courait à sa hauteur, compagnon galopant ou partenaire farceur d'un furieux cache-cache, derrière l'alignement des arbres.

Elle pouvait sentir la proximité de l'étang, l'odeur de la sphaigne putréfiée ou celle de la vase, puis la fraîcheur de l'eau encore, tout ce qui la ravissait, tout ce à quoi elle devait se rendre.

« L'eau Tim ! L'eau, encore ! »

Quand Tim l'étendit dans le faible courant, elle ferma les yeux. Il y créa deux lacs miniatures, flaques étincelantes sur l'arrondi des paupières reposées. Il arrosa le front, la bouche, inonda le nez et aida sa sœur-amour, si petite, si candide, si peu consciente jusqu'alors de la menace de l'incompréhension et de la solitude, à être libre à tout jamais. Elle se fit moins rigide sous ses doigts.

Abandonnée. Pâle Ophélie aux cheveux déployés et aux lèvres entrouvertes, flottant dans un ru tout fleuri d'hydrophytes.

On raconte qu'à cet endroit précis, un arbre a pris racine sous la surface et qu'il élance hors de l'onde la moitié d'un tronc délicat surmonté d'une féérie de feuilles blondes et smaragdines.

On dit que les pêcheurs ne se lassent pas d'admirer les premières braises aurorales au travers de son feuillage ou encore les éclats précieux qui frétillent dans la ceinture d'eau cristalline et poissonneuse qui l'enserre. On dit que l'arbre bruit et que tous les animaux se taisent pour l'écouter.

Ceux qui s'en sont approchés prétendent que deux prénoms y sont gravés. Des prénoms issus d'une triste et fameuse légende contant l'hymen interdit d'un garçon – que son père aurait achevé là à coups mortels – et d'une petite fille submergée par la passion.

Cette légende, c'est celle de : La Fillette de l'Étang.

Inspiration :　　Une femme avec toi /
　　　　　　　　　Nicole Croisille

　　　　　　　　　Paroles

Voilà une chanson de 1975 qui a provoqué quelques-uns de mes premiers émois.

La chanteuse un peu guindée qui susurre puis monte, monte, explose dans les aigus pour affirmer qu'elle est devenue FEMME FEMME SI FEMME avec LUI a de quoi bouleverser n'importe quelle innocente, incapable de savoir avec netteté comment on peut devenir si joyeusement femme !

L'Italie, du vin à foison, des images de corps libérés et d'amour partout, tout le temps, toujours, ont fait de ce titre, il est vrai un peu kitch, un hymne à la sensualité. Pourtant la même année sortait le beaucoup plus torride et sulfureux LOVE TO LOVE YOU BABY de Dona Summer. Mais ça, c'est une autre histoire !

À réécouter avant lecture cette fois. Avec le son à fond pour jouir de la grande voix et des envolées de Nicole Croisille. Et chanter plus fort qu'elle, mais avec un grand verre de vin rouge à la main.

UNE FEMME
AVEC TOI

Sais-tu que ce qui m'a amenée à toi ce sont tes mains ? Tes mains avant toute chose ? Sais-tu tout ce qu'elles m'ont dit de toi ?

Non ?

Je comprends. C'est sûrement difficile pour un homme d'admettre que quelque chose qu'il ne maîtrise pas totalement puisse parler de lui à ce point. Le rendre intriguant. Séduisant.

Que ses mains, simples prolongations de bras que les vêtements empêchent, au premier regard, de décréter sexy, protecteurs ou exigeants, sont aussi des prolongations de son indicible, le point où se polarisent sa force, son humeur et sa sensualité.

Qu'elles invitent au désir d'un corps qui se dessinera instantanément aux tracés inconscients de cette part de lui visible et involontairement éloquente.

Avant toi, j'aimais les mains calmes, satisfaites, celles qui bougeaient peu et ne laissaient fuiter qu'une assurance installée. Celles qui semblaient faites pour inviter à l'intimité d'un fumoir ou pour verser sans trembler l'or d'un champagne ou le grenat d'un grand cru dans la délicatesse du cristal. Des mains qui savaient exprimer la suavité et la beauté des choses, mais avec une passion froide, avec art et mesure et qui se saisissaient du corps des femmes avec la même pondération, le même raffinement, les découvrant en longues caresses d'esthètes, dans une ferveur polie et presque religieuse.

J'aimais ces hommes-là. Les futiles, les légers, ceux qui ne bouleversaient rien, même pas cette amère solitude dans laquelle je semblais me complaire, la trouvant belle, mélancolique et cafardeusement romanesque. J'aimais être déesse dans leurs draps de soie et mirage transperçant la fumée de leurs cigares.

Puis je t'ai rencontré. Et tes mains avant toi. Silhouettes brunes de panthères s'ébrouant.

Libres.

Oui j'ai été subjuguée par tes mains avant de l'être par toi tout entier.

Elles étaient nerveuses et sensuelles tes deux bêtes sauvages et leur pelage fumait d'une course rageuse, d'un appétit trop grand. Et les tendons s'agitaient follement sous la peau près de veines charnues qui charriaient un sang lourd.

Tes mains. Larges comme des pales. Bouleversant l'air, l'instant et le monde tout entier. Tes mains capturant des fils d'atmosphère et les enroulant malgré toi autour de tes doigts sans finesse, dénués de cette subtilité qui m'était connue et attrayante et qui par la force de tes manquements à mes tendances d'alors, me sont apparues à la fois tapageuses, exotiques et nécessaires.

Tes mains en ligne de mire.

Toi juste après. Toi au détour d'une cloison contournée comme en apesanteur, avec une urgence rarement ressentie que mes jambes n'ont su retranscrire que dans un flottement lent, ouaté, ralenti, dans des pas à la fois laborieux et gracieux de scaphandrier.

Tu n'avais rien des autres. Tu avais tout de toi. Tu n'étais ni léger, ni mondain, ni imbu de celui que tu présentais pourtant avec éclat. Et malgré cela, sûr de ta personne à faire vaciller l'alpha de tous les dominants présents. Ils étaient sombres et éteints malgré leur importance. Toi tu étais le soleil ! Toi tu étais vivant !

Tu riais comme rit un enfant, avec des yeux brillants et une bouche démesurée, ouverte à craquer aux commissures. Tu lui laissais toute la place à ta bouche – avec la même absence de conscience qu'à tes mains – sans complexe, sans retenue, ne dissimulant ni les dents trop grandes, ni la langue déliée, ni même les fougueuses déchirures infligées aux cuisses dodues d'une volaille, pourpre du tanin d'un vin âpre et fort que tu avalais en rasades et qui étanchait ta soif inextinguible de bel ogre tout en babines grasses et sanglantes.

Et ta voix et ton rire s'échappaient sans forcer de ce gouffre, avec des mots en pluie torrentielle et des profusions de bonheur. Une voix et un rire rauques, amples et généreux de ténor italien à la large poitrine et à la belle truculence qui entonnerait joyeusement « *Abballati* » pour inviter la foule à danser et à chanter avec lui.

Tu avais tout d'un toi que je reconnaissais sans t'avoir pourtant jamais rencontré. Et à ton regard pénétrant et déjà possessif, j'ai su que tu me reconnaissais aussi.

C'en était fait de moi. Déjà.

Tu as décrété avec gravité que j'étais trop pâle, trop blonde, trop grande et plus fine qu'un spaghetti. Il était évident que tu étais enclin à préférer les formes généreuses de celles qui dévorent lesdits spaghettis à pleine bouche après les avoir longuement entortillés autour de leur fourchette, celles dont les yeux et le ventre se réjouissent manifestement de l'énorme et appétissante bouchée à venir puis l'aspirent dans un bref et jouissif jaillissement de sauce.

Mais tes mains posées sur mes hanches leur ont donné l'ampleur voulue et le souvenir des pulpeuses raggazze de ton passé a été remisé pour de futures jalousies immotivées.

Tu m'as dit que j'étais une apparition céleste, une déesse intouchable, un marbre sur un piédestal. Pour me désacraliser mieux tu as déboulonné mes attaches, fait chanceler mon ancrage et la ligne immuable de mon regard, perdu depuis toujours sur le même horizon. Tu m'as obligée à baisser les yeux vers tes bras tendus et la tangibilité du monde.

Par peur sans doute de plonger plus profondément encore, j'ai affirmé ne me commettre qu'avec des hommes sans taches sur leur col, sans excès d'aucune sorte ni passions éclatantes. Alors tu as jeté ta chemise par-dessus bord, assailli ma retenue et laissé exploser ton désir.

Pourtant oui, j'ai plongé davantage. Mais pour mieux respirer ensuite. Pour mieux apprécier la surface et le bercement émouvant de nos remous.

Je me suis accrochée à ton cou, moi le fin spaghetti, beige de peau, de cheveux et d'ambition amoureuse. Cassable. Délicat.

Et tu m'as avivée d'émotion. De ses teintes triomphantes sur mes fards beiges vaincus.

Je me suis accrochée à ton cou. À la fois honteuse et féroce, certaine de ne pas vouloir lâcher ta nuque. Jamais. Sûre de vouloir y rester pendue. Pour me laisser délicieusement emporter, avec la peur d'être emportée pourtant. Mais laisser aller, laisser faire le courant, la vague enveloppante et fraîche, laisser. Ne pas pouvoir, ne pas vouloir me prémunir de devenir une amante nouvelle, sans repaires, sans volonté, sans remparts. Apprivoiser l'animal en toi. L'ours fort et tendre. L'homme, l'homme, l'homme. Avec sa chaleur, sa douceur, sa gentillesse immense, sa possessivité, sa volonté à bouleverser, son inconscience à faire mal.

Alors, pour la première fois, je me suis enfin sentie… femme. Tellement femme !

Et pourtant défaite des voiles, des satins, des colifichets. Défaite du beige. Oui, une femme avec toi.

Je t'ai laissé faire la peau à la belle beige tout en artifices puis je te l'ai offerte cette peau, pour que tu la caresses neuve, tendre, féminine sous le cuir froid de ses carapaces antérieures. Nue de ses limitations. Nue pour tes initiations. Ma peau fragile. Celle oubliée, enterrée, inécoutée.

Tu m'as enlevée à tout ce que je connaissais et à tout ce qui me gardait vide de sens. Ma vie d'ex-épouse ou de maîtresse parure, pas affichée seulement pour sa beauté, mais pour mieux que cela : sa prestance, sa distinction, sa situation, son esprit, la valeur qu'elle accorde immanquablement à l'homme qu'elle accompagne et cela seulement en l'acceptant dans son sillage. Car elle a du prix. Car elle appartient à une caste.

J'étais entourée, convoitée, admirée, mais terriblement seule et je ne le savais pas avant de te rencontrer.

Les soirées, les cocktails, les tenues de gala, les endroits majestueux, les femmes apprêtées, les hommes décorés, je flottais dans ce désert doré et y tenais ma place de grain de sable, principal sans doute, lumineux sans doute, mais beige toujours, perdu et si semblable aux autres.

Toi tu m'as transportée sur une plage en plein vent, avec la mer qui vrombit et le sel qui cristallise sur la peau. Et de minuscule fragment je suis devenue paysage.

Toi tu grognes dans mes cheveux enfin défaits, libres d'épingles et d'immuabilité, et ils s'échappent avec ton rire, haut vers un ciel cobalt si bleu qu'ils y paraissent des envolées d'oriflammes. Et je ris avec toi, à m'écorcher la gorge, à m'arracher des larmes, à m'étouffer de bonheur. Je ris et la vie, la vraie, celle qui bouscule et exige, me transperce de son dard délicieux.

Toi tu es la vie et je vous ressens tous deux si intensément !

Je chavire, tourne et chute, épuisée par tes « trop » : trop de gestes, trop de paroles et de rires et de silences et de regards, trop de ton souffle, trop de ta chair, trop de ta douceur, trop de la force attentive de tes bras, trop d'un soleil qui t'aime ardemment et te colore et te parfume, toi le vivant, toi l'homme qui rit, s'enivre et veut tout et aime, toi la chaleur.

Et tes mains. Oui j'en reviens à tes mains.

Mes amours fauves, mes féroces douceurs. Jamais personne avant toi n'avait posé ses mains sur mon visage de cette façon.

C'est délicieux des mains d'homme sur un visage de femme. Les tiennes sur le mien.

Et tes paumes qui épousent mon front, qui soutiennent mes joues, tes doigts qui enserrent mes oreilles, qui dégagent mes cheveux, qui se glissent près puis dans ma bouche, s'incluant à la ronde suave et lente d'entremêlements écumants et salés.

Tu m'as jetée sur ton épaule sans ménagement, tu as couru vers le large de tes grandes et folles enjambées, libre et suant comme un grand cheval à la robe fumante d'avoir tant galopé, et je t'ai fait confiance malgré mon instabilité, mon inconfort, mon incapacité à t'arrêter.

Il n'y a pas de danger. La vie que tu incarnes si bien n'est pas un danger. Non ! Elle n'est qu'aventure.

Tout est si simple aujourd'hui.

Dormir près de toi. Chez toi. Me réveiller au cœur du cratère brûlant que ton grand corps a creusé dans les draps. Quitter le lit et ta chaleur. La ressentir pourtant toujours. Savourer cette permanence.

Enfiler négligemment ta chemise et m'y lover. Te retrouver là encore. Dénicher ton odeur.

Puis rire de tes cheveux hirsutes. De tes yeux encore gonflés de sommeil. Avoir le cœur en vrac à ta main qui caresse ma joue. Étreindre. Humer. Enfouir mon nez, ma bouche. M'envoler dans tes bras qui m'arrachent à un petit déjeuner que nous ne prendrons jamais.

Et c'est comme la première fois.

Quand je me suis enfin sentie femme.

Une femme avec toi.

Inspiration :   Bambina / Lara Fabian

Paroles

La nostalgie, moi ça me remue les tripes. Et cette chanson n'est que nostalgie.

Non, finalement pas que. Elle nous ramène effectivement à l'enfant que l'on a été, mais aussi et surtout aux émotions du passé. Des émotions qui ont pris tout l'espace, qui ont dévoré et marqué et époustouflé parce que les bonheurs, tout comme les chagrins, les peurs, l'amour sont démultipliés quand on est enfant !

Je ne suis pas vraiment fan de grandes voix, mais sur cette chanson-là, la voix de Lara n'est pas grande. Elle est céleste, limpide, cristalline, douloureuse, enfantine.

Je pleure à chaque écoute, c'est bête, mais c'est comme ça.

Et si vous aussi vous partiez à la recherche de cet enfant blessé caché au fond de vous ?

À réécouter ou à découvrir avec de vieilles photos oubliées et une boîte de mouchoir à disposition. Les yeux fermés, c'est bien aussi !

BAMBINA

Rue Émile Jamais. Des volets rouges, une grosse porte abimée. Et mes souvenirs derrière.

Je voudrais l'ouvrir cette porte et sentir encore sous mes doigts le métal froid de la vieille poignée ronde, pousser avec effort le lourd, si lourd battant et apercevoir le couloir en plein vent, la rigole intérieure et les escaliers tordus menant à la terrasse en paliers et à ses brassées de géraniums parfumés.

En bas, ça sentirait la soupe ou encore les croquettes de pot-au-feu que mamie t'offrait en guise de goûter parce que tu aimais tellement ça que tu aurais pu les manger, disait-elle, sur la tête d'un pouilleux.

Ça sentirait Elle, sa poudre de riz, son eau de Cologne, ses tartes à l'abricot ratées qui étaient les meilleures tartes ratées du monde. Ça sentirait l'humidité des murs, le papier peint troué et les pierres qui s'effritent derrière.

Ça sentirait l'amour.

Oh et puis le mazout ! Celui du poêle sur lequel séchait le linge et restait chaud un café noir, fort, épais à y planter sa cuillère.

Le mazout oui, et puis l'essence aussi, reniflée avec un plaisir coupable d'angelot junkie dans le réservoir de la vieille motocyclette abandonnée dans la remise.

Tu es toute petite Bambina et tu écartes fort les bras pour atteindre le guidon. Tu chevauches l'engin le coccyx en équilibre sur le bout de la selle, l'esprit propulsé vers des destinations inventées, sur des routes tout en virages et en cahots qui s'ouvrent dans le fatras et la saleté du débarras.

Dehors il y a la rue. L'araignée monstrueuse cachée dans un trou du mur. Et toi qui arraches les ailes des mouches pour offrir à ton monstre affamé de tremblantes proies paralysées. Cruauté de l'enfance. Sadisme et curiosité.

Il y a les cris des enfants qui jouent avec toi. L'école maternelle à quelques mètres. Tu ne la vois pas, mais elle est là avec sa grande cour, ses récréations agitées pendant lesquelles tu te fais tortionnaire. Toi la douce pourtant, qui prend plaisir à traiter de Bébé Cadum quelques pauvres camarades effondrés, humiliés par cette insulte dont ils ignorent l'absence de sens et de portée.

Tu es reine. Et sereine.

Rien ne dure Bambina.

*

Tu es jolie. Mamie dit que tu es belle. Belle dans le langage des mamies, ça veut dire potelée. En conséquence tu n'aimes pas être belle. Non ! Pas comme ça !

Pourtant tes cuisses roses sont divisées en appétissants replis, c'est vrai. Et tu es blonde. Avec des boucles qui s'étirent en anglaises. Et tu ris toujours. En fermant tes yeux verts, en jetant ta tête en arrière, en exhibant tes minuscules dents blanches et le tressautement de tes joues.

Parce que tu es heureuse. Que tu te sais aimée. Parce que chez toi le soleil brille et que tu cours tous les mercredis dans les collines, le nez vers le ciel, les pieds dans les plantes aromatiques. Que tu as un chien, un gros, avec des babines en soie et des attitudes de nounou patibulaire. Parce que tu fais des cabanes dans les arbres, que tu danses en tutu, que ton petit frère avec ses yeux de chinois n'aime que toi, que tu t'inventes des histoires merveilleuses et que tu parles, sans arrêt, aux passants, aux vieux sur les bancs, et ils te laissent une place, une toute petite place pour une toute petite fille qui trotte jusqu'à eux avec ses cuisses dodues et ses culottes à froufrous.

*

Dans le miroir j'observe un visage. Le mien me dit le reflet. Le vrai. Celui sans maquillage, l'irrecevable, le nu, celui des matins déprimants, celui des soirs sans fards.

Je ne me reconnais pas sans les artifices qui redessinent un moi acceptable.

Comment voudrais-tu que je te reconnaisse toi ?

Puis je me rappelle qu'il y avait des larmes dans tes confrontations à toi-même. De l'incompréhension.

Tu ne savais pas à quoi tu ressemblais ?

À un extraterrestre peut-être ! Du genre moche et mal foutu.

À qui ?

Pourquoi pas à elle ?

Tu te demandais ce qui se cachait derrière l'indéchiffrable façade en peau ? Derrière le nez trop grand, le menton prêt à se faire la malle, le ventre rond, les jambes en X.

Fouille. Scrute. Rien ne se voit. Rien ne te parle.

Le miroir est un ennemi qui te tord et ne te restitue rien de bon.

Je sais que ce sont tes yeux qui m'observent. Je le sais parce que ton œil gauche devient tout petit quand tu es fatiguée.

Je suis fatiguée Bambina.

Et mes paupières réduites à néant ne forment plus qu'une fente moche derrière laquelle subsiste à peine le vert de tes yeux.

Souvent tu te perds dans les allées des supermarchés, t'accrochant sans y prendre garde aux chariots d'inconnus que tu découvres quand tu reviens à toi, quand tu réouvres tes yeux agressés par les lumières des néons. Ils sont surpris. Mais tu es une enfant et ils n'osent pas te déranger. Ils craignent de t'effrayer.

Tu as juste parcouru les rayons en leur compagnie stupéfaite, les yeux fermés, la main agrippée au caddie.

Tu étais partie loin. Dans tes rêves éveillés, peuplés des mots qui te ravissent, des phrases que tu brodes et défais. C'est ton trésor à toi. Ta manière d'être que les autres n'ont pas.

Quand un jour aucun aliment ne sera plus capable de franchir la barrière de tes lèvres, tu te nourriras à ces banquets de mots.

Quand un jour un imbécile bousillera ton cocon familial, ta croyance en l'amour et ton insouciance, tu l'annihileras dans le lyrisme assassin de tes imaginations.

Regarde Bambina ! Il nous reste ça !

*

Ses grands yeux dorés apparaissent dans le rétroviseur intérieur et tu te figes. Tu as peur de ce qu'elle regarde, de qui se cache dans les voitures qui vous suivent. Qu'est-ce qu'elle cherche ? Qui elle attend ? Connait-elle l'inconnu à la voiture blanche ? Celui de la verte ? Tu scrutes chaque visage. Surtout ceux dissimulés derrière le secret des pare-soleils.

Toi tu es là. Assise, à l'arrière de la Dyane. Petite. Tu veilles. Tu t'inquiètes pour elle. À cause d'elle. Tu voudrais la protéger des hommes. Elle est belle maman, et fragile. Tu voudrais les repousser tous. Pour que jamais elle ne parte et ne te quitte.

Elle te voit l'épier sans doute et ses grands yeux te fusillent. Ce regard tu le crains plus que tout. Il te renvoie à une peur plus grande, te paralyse et te fait douter de tout, de toi surtout. Tu te détestes.

Elle, tu l'aimes inconditionnellement.

N'aie pas peur ! Elle ne t'abandonnera jamais !

*

Tu aimerais rester petite. Pouvoir te glisser près de ses bras, continuer à attirer les gratouilles de ses ongles, la douleur intolérable de ces passages trop longuement réitérés que tu supportes en serrant les dents car jamais tu ne lui demanderas d'arrêter.

Je me caresse encore la peau à ces pliures fragiles. Je me souviens de cette félicité.

Et ça me déchire.

*

Tics. Tocs. La déraison de tes manies. Yeux qui clignent. Droite. Gauche. Gauche. Droite. Encore. Égrenant les secondes. Cheveux suppliciés. Mèches entortillées jusqu'à épuisement du poignet. Porte à fermer. À réouvrir pour vérifier. À secouer pour tester. Tourner le verrou. Recommencer. Éteindre. Allumer. Recommencer. Rêver d'un kidnappeur blanc. Silhouette sans visage, ni vêtements. Blanc. Furtif. Agile. Il t'emporte. Tu ne peux rien.

Tu touches un meuble. Une fois. Dix fois. De l'autre main. De l'autre coude. Tu sens tes doigts. Tu tords tes lèvres. Tu mords tes dents. STOP !

Tic. Toc. L'horloge tourne. Tics. Tocs. Ce qui ne t'agite plus me rend moins forte. Et folle ? Sans doute un peu.

*

« Tu te cherches encore. »

Il était professeur. Un Bernard Lavilliers tout pareil, yeux bleu océan, oreille percée, pantalon moule fesses, combats sociétaux et vies multiples. Il ne lui manquait que la Salsa et les bars mal famés des favelas de Rio. Il t'a vue.

Toi encore vibrante de tes sourires et de ta douceur d'enfant. Toi, combattante candide mais triste, engluée dans la peur de l'avenir et la prévalence d'un corps à torturer. Toi tout en sensibilité déçue et en futures amours exutoires.

Il t'a vue Bambina. Il t'a lue. Et il a su ce qui viendrait après toi. Il t'a parlé de ta valeur. De ton importance. De ta particularité. Et toi tu agissais comme si la petite fille en toi était déjà morte et que celle de ton présent ne méritait rien.

*

Il y a la plage face à l'hôtel aux volets bleus. Tu longes la digue. Vous tous. Le parasol géant. La glacière pleine. Le paradis autour de toi. L'été. Le lieu où l'on revient toujours. Ta famille. Petite. Précieuse. Ton cœur explose. Et la mer qui t'appelle, qui engloutit tout. Ta peau neuve, brûlée au soleil. Ton corps qui grandit trop vite. Mal. Ta gêne dans ce slip riquiqui auquel ta mère refuse d'adjoindre un petit haut, parce que les marques du maillot c'est moche et qu'elle, regarde, elle bronze seins nus !

Tu passes un mois sous l'eau. Essoufflée. Hilare. Une gosse encore. Avec la bande des copains de chaque année. Ils se moquent de ton maillot incomplet. Le premier jour. Puis comme toi ils oublient.

Tu deviens statue de sable et les grains abrasifs s'accumulent et grattent entre tes fesses. Tu deviens poisson. Sirène aux cheveux d'algues et aux courts doigts palmés. L'écume blanche qui mousse après les vagues se fait lait dans un bol de géant et tu hurles d'un plaisir vrai, d'une peur pour de faux, petite chose insignifiante que les courants et la cuillère du monstre font tourbillonner et tentent d'engloutir.

Après la plage, ce sont douches, balades, musiques gitanes et moustiques affamés.

Tu aimes la table à l'ombre sous le figuier. Les

bruits des bouteilles qui s'entrechoquent dans la cour-entrepôt du bar d'à-côté, la flamme que fait l'alcool à brûler dans la casserole posée au centre de la pièce quand mamie a froid durant les soirées télé. Et le jours de marché. Les livres, les mini BD romance que tu dévores et échanges contre d'autres au marché suivant. Les dessins que tu reproduis. Les visages des filles. Celles que tu voudrais devenir. Les échanges de baisers. Ceux que tu sauras bien offrir de les avoir tant esquissés.

Tu souffles tes bougies sous un soleil de plomb. Unique magasin de quartier. Super Jaimie, sa mallette pleine de dollars, son oreille bionique. Des glaces à gogo.

Tu es dorée. Et cette enfance aussi.

*

Ma toute petite, ma douce, ma blonde, ma danseuse, ma rêveuse, ma souricette aux minuscules dents tranchantes et aux rires en cascade.

Ma moi. Ma mie.

Ma solitaire habitée. Mon angoissée, mon ventre en vrac, ma gorge serrée, mon cœur tambour, ma flamboyante, ma aux éclats, ma complexée, ma libérée, ma tout love, ma tactile, ma mal dans sa peau, mon allo maman bobo, ma si maman si, ma têtue tête de mule, ma sur le fil, ma sans confiance.

Ma petite musique intérieure.

Je te reconnais dans ma puérilité, dans mes rires ou mes pleurs excessifs, dans mes bouderies, mes illogismes, dans mon cœur souvent inconsolable, souvent éclaboussant de joie.

Regarde-moi ! Je suis celle qui a poussé en toi.

Je te retrouve dans le manque cruel des femmes qui t'ont aidée à grandir, dans la fragilité de mes yeux, dans leurs crispations et mes grimaces, dans le poids dense de tes souvenirs.

Bambina tu ne me manques pas. Tu as toujours été là !

Et même si souvent j'ai mis à mal ton innocence, même si souvent j'ai voulu te faire fuir, te faire peur, te dégoûter de moi, je sais que tu as toujours veillé à ne pas me quitter. Tu sais si bien que je ne l'aurais pas supporté.

*

Bambina c'est si joli ! C'est l'enfance tendre et doucement écorchée.

C'est un nom qui m'évoque l'Italie de ma grand-mère.

Ça pourrait très bien être elle, Bambina !

Ça pourrait être moi ! Ou n'importe quelle autre petite fille à regretter. À aller débusquer au fond de soi ou dans les photos au cadre blanc des albums de famille.

Bien sûr je pourrais être Bambina. Je pourrais.

Mais moi, voyez-vous, on m'appelait Kika…